コーヒーハウス

荒川 昤子

光陽出版社

コーヒーハウス　目次

いっぱしの理屈

福井雪子がコーヒーハウス「クスクス」を開店したのは三十歳のときで、このY市を選んだのは母と姉夫婦が住んでいるからで、この場所を選んだのは、店舗を探して町中をあちこち歩き回っているとき、たまたま閉店セールという赤札をべたべた貼ってある靴屋を見つけた、からであった。

会社勤めをしていたときから彼女は、勤めが終わると新橋にある喫茶店の専門学校に通って、コーヒーの淹れ方だとか、損益分岐点の計算の仕方だとか、開店にあたっての「市場調査」のやり方などを一通り勉強していた。だから、いっぱしの理屈をもって子細に靴屋の周辺を歩いてみた。

閉店セール中の靴屋は、JR駅から十分、私鉄駅から六、七分。二車線道路に面した交差点の角から二軒目のビルの一階にある店舗であった。習った知識を手繰り寄せれば、交差点の角から一軒目よりは二軒目の方がより合格ラインということであった。

市内で何十年も和菓子屋を営んでいる義兄に訊いてみると、この地域は近隣の中でもとりわけ高級住宅地で、公示価格では市内どころか県内でも一、二を争うほどの場所だという。ということは、そこに住んでいるような人は金を落とす割合も高いのではないか、と目算した。

翌日、朝早くからその交差点脇に立ってみた。自転車や歩行者がわらわらと私鉄とJR駅に向かって、ひしめいているような感じであった。その大人たちの隊列に交じり、すぐ近くにある小学校に向かって黄色い帽子をかぶった子どもたちが見え隠れする。また駅の方からは、その先にある短大と私立高校に通うらしい学生たちが、束になって押し寄せて来る。人だけではなく、自転車の量も半端ではない。

喫茶学院で習った理屈からいうと、この通りの通行量はますます合格点と思える。

彼女の予算額からして、駅前に店舗を借りることなどは初めから想定していない。駅前でないから、ショッピングを楽しんだあとふらりと入る客などはいないだろう。住宅地で当然近くに会社もないから、仕事の打ち合わせなどといったビジネスマンの客は望めないだろう。おのずと客層は近隣の住人となる。一等地といわれている住宅地であるのだから、かえって好都合だ。

そんなふうに覚えたての知識を総動員して、また自分に都合のよいように解釈して福井雪子は、ここだ、ここしかない、と思い決めた。

喫茶学院ではたびたび、「ここしかない」と思い込むことや、「ここでもいいか」といった妥協的姿勢は、デモシカ決断といって、商売を始める心構えとして一番危険だと教わっていたのだった。だが、合格ラインが幾つもあると思えるこの立地は、念願が叶うかもしれないと舞い上がっていた彼女の念頭にはまったく浮かんでこなかった。

そうして四日目に意を決して、閉店セールをやっている靴屋のドアを押した。乱雑に靴や箱が積み重ねられている閉店予定の店内の広さを、目測するように見回していると、

た。

「いらっしゃいませ」

と靴屋の年配の女性が近寄って来た。手元にあった靴を手に取りながら彼女は、

「このお店、閉店するのですか」

と訊いてみた。靴を買って、ついでに訊いてみるという考えはまったく浮かばなかった。

「ええ、そうなんですよ……」

彼女のぶしつけな物言いにも店主は嫌な顔も見せず、さらりとした応対は心やすい感じであった。その明るさに気を大きくして、単刀直入に、閉店するのなら、もし差し支えなかったら、ビルのオーナーを教えてもらえないか、また家賃も教えていただければ有り難い、とさらなるぶしつけな質問をした。ここしかないという思い込みは、世間知らずのあつかましさとも重なって性急でもあった。

女性は少しびっくりしたようだったが、

「まあ、あなたがおやりになるの？　若いのにえらいわねえ」

と嫌な顔もせずに、むしろ興味深そうにじっと品定めするように彼女を見た。呆れたのか意気に感じたのか、思いのほかすんなりと現在の家賃とオーナーの電話番号を教えてくれたのだった。

家賃は彼女がかねがね何度も試算していた範囲内であった。ますますここしかない、と

思い決めた。彼女は帰宅すると、大きく深呼吸してから、東京に住んでいるというオーナーの小早川さんに電話をした。家主の方も思いのほか簡単に、靴屋から十分ほど先にある不動産屋にビル管理をまかせているからそこで話し合いましょう、といった。

「あの店にしようと思う」

家主との待ち合わせの日取りが決まってから母と姉夫婦に打ち明けた。商売が成り立たなくて閉店するのだからそれなりの立地なのだろう、もう少し他を当たってみてからでも遅くないのではないか、と何年もこの市で和菓子屋を営んでいる義兄に忠告された。母は、いざ開店準備の段階に入ろうという彼女の意気込みの前に、本当に大丈夫なのかい、と心配そうにいうだけであった。だが彼女には、あの場所しか眼中になかった。義兄の助言もすでにバラ色の夢を空想し始めた彼女の前では、少しの動揺も起きはしなかった。

一週間後に不動産屋の事務所でオーナーに会うと決まってからは、たびたび靴屋の周辺を歩き回って想を練った。空想は、先へ先へと走って大きく膨らむ。後ろを見ることはない。店内をどんなふうにしようか、とか、工事費はどのくらいかかるのだろうか、とか、どんな客が来るのか来ないのか、そんなことばかりを計算したりして空想にふけった。

いつものジーンズではなく、勤めていたときのスーツを着て、約束の時間より早く不動産屋に着いた。小さな店内にはベージュのジャンパーを着た頭髪の薄い六十代半ばの小柄な男性がソファに坐っていた。彼女はその男性に会釈し、事務机に坐っている不動産屋に、小早川さんと約束をしている者だが、と声をかけた。

「こちらが小早川さんです」

不動産屋は立ち上がって、ソファに坐っていた男性を紹介した。約束の時間にはまだ十分近くもあったが、彼女は、

「遅くなってすみません」

と慌てて頭を下げた。すると小早川さんは、

「いやいや、僕の方が早すぎたのですよ。約束の時間というものは大事です。僕は待ち合わせにはいつも早めに来るのです」

と立ち上がり、自分の向かい側の椅子をすすめた。内心の緊張や素人ぶりを見破られないように、彼女は精一杯落ち着いた物腰で椅子に腰を下ろした。そして、受け答えや質問にメリハリをつけ、はっきりとした物言いをして、いっぱしの社会人であると印象付けようとした。そんな彼女の気負いなど、初老の小早川さんからして見れば一目で透けて見えていたにちがいない。

彼女の若さと気負いと積極性を買ってくれたのか、思いのほか気持ちよく店舗契約をすることになった。

あまりにも第一段階が順調にいったから彼女は、自分はついている、と喜んだが、少し冷静に考えてみれば、オーナーにとっては空室期間がなくて済むということ、不動産屋に

とっては次の借主を探す手間や入居広告をしなくてよいということでもあったであろう。そのビルは五階建てで第一ミーアビルといい、一階には靴屋と並んでブティックが営業していた。その間の通路の突き当りに整体院があり、二階から五階までが住居で十二室あった。

小早川さんはこのビルから二百メートル先にある第二ミーアビルも所有している上に、東京にもビルを所有しているという。自慢話風ではなく、彼にとってはありふれた会話の流れの一端のように自分のことを話した。彼女は「資産家」というものに初めて会った。事務員をしながら二十五歳のときに珈琲店をやりたいという考えが浮かんでからは、休日にアルバイトをしたり、生活を切り詰めたりして、コツコツと郵便局の定額貯金などでお金を貯めてきた。そんな彼女の周辺に、お金持ちといえる人間はいなかった。

無事契約を済ますと小早川さんが、

「商売が軌道に乗ると、男性はすぐ車を買いたくなる。それも次々と車のランクを上げていき、大方の最後はそれが原因で商売を失敗します。また、女性の場合は貴金属やブランド品に興味を抱き始めると、だいたい商売がおろそかになっていきます」

と彼女にアドバイスした。人間は中途半端にお金があるときが一番危ない、ともいった。

そういえば小早川さんはどこにでもありそうなジャンパーを着た、普通のおじさんにしか見えない。彼女には身に着けている物がブランド品なのか安物なのかを見分ける目すらなかった。

彼女は自分が貴金属を買い漁りたくなるとは思わなかったし、金持ちになれるとも思っていなかった。そもそも商売を始めたら金持ちになれる、という発想がなかった。だから、若い彼女に、儲かっても浮つかず、多少うまくいかなくともへこたれずに、地道に商売を続けなさい、と助言してくれたのだ、と受け取った。

店舗契約が決まったので、喫茶学院に設計や開店指導をお願いした。これは、夜間そこで勉強をしているときから決めていたことだった。

うなぎの寝床のように奥に細長い十一坪の店舗だったので、カウンター十席、二人掛けテーブル席二つで合計十四席になった。できるだけ客と関わりが持てることと、人件費を出せない分、自分一人でもやっていけるようにと、カウンター席の多い店造りにしたのだった。

こうして福井雪子は念願のコーヒーハウス「クスクス」店主となった。

難しかったのは店名であった。自分の名前をとって「ゆき」とするか、感銘を受けた「アンネの日記」の「アンネ」にするか、あるいはただの「珈琲屋」とするか。そうして最後に思いついたのが「クスクス」だった。クスッでもワハハでもゲラゲラでもいい、笑いのある店にしたかったのだった。決めてみると、だんだん馴染んで来た。

そもそも彼女が珈琲店をやりたいと思ったきっかけは、同僚たちに嫌がらせを受けた、ということからでもあった。

二十二歳で転職した印刷会社では、営業事務が仕事であった。広いワンフロアに一課から七課まで五十人くらいいる男性の中で、女性は七人。何年かして仕事も覚えた頃、もっと印刷のことを知りたくて、見積りの仕方や印刷のあれこれを質問したり教えてもらったりした。たぶんこのことが先輩女性の顰蹙を買ってしまったのかもしれない。

ある日同僚の女性の一人が三時になってもすぐに席を立たなかった。すると先輩女性が「……チャーン」とその女性を呼んだ。その女性は、急いで席を立ったが、彼女の席の前に来ると片手を顔の前に立て、ごめんね、という態度を無言で示して、給湯室に駆け込んだ。午後三時になると女性たちは給湯室でお茶を飲みながら休憩していた。給湯室から笑い声が上がる。そのとき、自分だけがのけ者にされていると気づいたのだった。気づいてしまうと、その場にいることは結構きつかった。

だから昼休みになると喫茶店に行き、午後の嫌がらせに耐える力をつけることと、いつ辞めようか、ということばかり考えていた。ナニクソ、ナニクソ、と思って一か月以上耐えた頃、なぜかピタッと止んだ。さすがに社内でも目に余って、上司が注意でもしたのだろう。

彼女が昼休みに行っていた店は木造りの重厚な雰囲気の珈琲専門店で、カウンターにはいつも常連客が坐っていてマスターと小さな声でぽつりぽつりと会話している静かな店であった。隅のテーブル席で、コーヒーを飲み、たまにはサンドイッチを頼んだりして昼休みを使う。読書をしたり空想にふけったり、マスターと客が他愛もない話をしているのを聞くとはなしに聞いたりする。そんなことをして一時間の昼休みを過ごす。顔見知りになった彼女にときどきマスターが話しかけてくることもあったが、馴れ馴れし過ぎず、またそっけなくもない適度の距離間が好ましかった。

それらをひっくるめてＢＧＭのように感じながら、一つの業種の一つの会社の似たり寄ったりの環境にいる人間だけでなく、さまざまな年齢、職業、階層の人たちと関わったら人生も人間の幅も広がり面白いだろうな、と思ったのだった。嫌がらせがなくなっても昼休みにはその喫茶店に行っていた。気持ちに余裕ができた頃、こんな店をやれたらなあ、やりたい、いや絶対にやろう、と妄想が膨らんでいった。そして本屋で喫茶店開店のノウハウの載っている雑誌を立ち読みし、そのうち定期購読して研究したのだった。たぶん落ちつける喫茶店があったからいじめにも耐えられたし、三十歳まで勤められたのかもしれなかった。

開店してみると、専業主婦や商店主、退職後の男性やパートで働く女性はもとより、近くのスーパーで働く若者や大手企業の独身寮にいる若者、下宿している大学生など、いっぱしのつもりの市場調査では想定していなかった人たちが店の客となっていた。

開店一、二か月は、客と店主の間では互いの様子見といったところだった。日を重ねるうちに、いつの間にか馴染み客になっている、といった具合で、店主の想像を超えた順調な滑り出しであった。

カウンター席に坐る馴染みとなった客から、商売が成り立たないから閉店したという店舗の後をよく借りる気になったものだね、といわれたりした。義兄にもいわれたことで、なるほど、そういう見方が一般的なのかもしれない、と店主は自分の「頭でっかちの理屈」の幼稚な思い込みに気づかされた。たまたま商売がうまくいったのは、僥倖でさえあったのかもしれなかった。

三十歳という年齢は、会社勤めをしていると自分より年下の同僚が一人二人と増えてくるし、仕事の内容もほぼ分かってくる。だから傲慢にも、自分はある程度世間を知っているつもりになっていた。

ところが実際は会社とアパートの往復しか知らなかったのだから、商売を始めてみれば、店主の背伸びなどはたちまち化けの皮が剥げ、世間知らずが露呈しただろう。だが世間とは面白いもので、世間知らずであるがゆえに、かえって地域のお客から新鮮で物珍しがられた、という面もあった。その一方、若い女の子が一人でこんなところで商売を始めてうまくいくはずがない。うしろに誰かがついているのだろう、とも思われていたようだった。

そんなふうに見られているとは露知らず、店主となった彼女はいっぱしの顔をして、聞かれればコーヒーの蘊蓄を述べたりして、客に詳しいわね、などといわれていい気になったりした。

しかしいいことばかりではない。

開店して三か月を少し過ぎた頃、週に何度か来店するようになっていた七十代のおじさんが、

「キミ、どうしてこんなところで商売を始めたのかね」

と店内にその男性しかいなくなったときに話しかけてきた。どうしてこんなところ、といわれても店主には答えづらかった。口角を少し上げ、微笑みを浮かべて小首をかしげ、

「さあ、どういったらよいのでしょうか……」

と応じた。その男性は明確な答えを期待したわけではないようだった。店主の言葉が切れるか切れないうちに、

「三年、いやこんなところで三か月持つかと思っていた。もちろん僕は持ってほしいと思っているけどね」

といったのだった。「市場調査」の結果は「良」と判断できた、などといっぱしを気取った理屈など世間を熟知している七十代の男性に通じるわけがなかった。そこで、

「そうですかねえ」

と応じただけだった。

この男性は開店すぐの頃から常連となっていた。だが、決してカウンターには坐らない。二人掛けのテーブル席に坐って、新聞を読んでいる。話しかけられたのはそう多くなかった。

「僕がこの店に来るのは『日経』を取っているからだよ」

とほかに客のいない時間帯に店主に話しかけてきたことがあった。

喫茶店に経済新聞など置いてあるところは少ないらしい。店主は単純に金持ちの多い地域ならと思っただけでのことであった。だから一般紙とスポーツ新聞と経済新聞を置いたに過ぎない。

確かにその男性は店に入って来ると、入口近くの雑誌を置いている棚から経済紙を持って来て坐る。しかし気難しそうな雰囲気があり、店主は自分から話しかけることは控えていたのだった。

その男性に面と向かって、長くは続かない、といわれたことはショックだった。

三年経つと三十三歳だ。環境衛生金融公庫から借りた金の返済期間は五年であった。

開店から今日まで商売の先行きに不安を感じるような状況は幸い一度も起こらなかった。むしろ忙しすぎて、友人の真知子さんにしばらくアルバイトを頼んだほどだ。それでも第三者には続かないだろうと見られていたということか。いまのところの繁盛は、目新しいから客が来てくれているだけで、店と店主への好奇心が薄れれば客足は減っていくのだろうか。

彼女が珈琲専門店を開業したいと思い始めたとき、一番に考えたことは、どのくらいの資金が必要か、ということだった。

小学六年生のときに、父が亡くなった。それから母の手で育てられたのだが、社会に出たら、新聞だけは読みなさい、貯金だけはしておきなさい、というのが母の言葉だった。高校卒業と同時に就職したそのときから、給料の幾ばくかは必ず貯金に回していた。初めから親には頼れないという気持ちがあったから、貯金をすることは当然のことと受け取っていた。

二十五歳で珈琲店をやりたいという考えが浮かんだとき、まずは金銭の計画だった。自分の力だけでどうやったら可能か、どの位の資金があったら開業できるのか。雑誌や専門誌を読み、融資なども念頭にいれて開業資金の逆算をし、いつ頃なら可能かなどを考え、組み立てていく。目標が定まってからの一、二年は資金をどうするかばかり考えていた。そして微かな可能性が見えてくると、今度は高い山をどうやって上っていくかに思いをめぐらすなど、楽しく愉快な作業でもあった。

そして、三十歳で開業する、と一応の目途をつけたときから、休日には実地のアルバイトや、専門学校に行く手立てを考え始めた。三十歳と決めたのは、十年近く勤めたら少しは退職金も出るだろう、ということと、二十九と三十では公的機関から借り入れをするにも、印象が違うのではないか、という考えからだった。また、たとえ失敗したとしても、三十歳ならまだ何とか人生をやり直しできる体力と気力がある、と思ったのだった。

実際、環境衛生金融公庫の融資の手続きでは、同じくらいの年齢の男性職員から、その歳では、途中で結婚するようになったら返済はどうするつもりか、と質問されたりした。最初、男性のいっていることが飲み込めなかった。どうしてもやりたい、と何年も計画を練って始めようと決めた店を、そんなに簡単にやめる人間がどこにいるのだろう。上から目線のこの男性は、同性に対しても同じ質問をするのだろうか、とその質問に傷つけられもしたが、ナニクソ、という負けじ魂が頭をもたげたのだった。

伝手も庇護も大きな傘も持っていない徒手空拳の個人という存在であることを、社会はそう簡単には信用しない、と思ったものだった。

もしだめでもその傷を最小限にするためにと考えたのが、十一坪の店舗の奥に三畳ほどの居室を作ることだった。店舗と住居用の二軒分の家賃の負担を軽減するためだった。目的のためには当面の不便など、彼女には何でもないことだった。

設計、施工、その他のアドバイスは専門学校の事務局に頼っていた。設計者は店の奥に住まいを作るということは、その分席数が減るから商売としてはマイナスだ、とアドバイスしてくれた。だが、彼女としては、赤字赤字でひりひりする思いを抱えて商売を続けるより、最低の売り上げでもそこそこ安定した商売を続けられることが大事、という考えの方が強かった。

そんなふうに、七十代のおじさんの言葉は彼女に店を始めるときの最低ライン、楽観的であると同時に悲壮感をも抱いていたときの気持ちを再確認させた。

客の中には、どれだけ店が持つかと様子見していた者もいただろう。鵜の目鷹の目、お手並み拝見、という物見高い部分もあっただろう。

「ご心配ありがとうございます。商売は三日、三月、三年といわれますものね。三か月はようやく過ぎましたから、心して三年に向かって頑張ります」

忠告なのか心配なのか、七十代のおじさんは、おそらく善意でいってくれたのだろう。あるいは危なっかしくて、つい忠告したくなったのかもしれない。だが、店主は何に対してなのか、ナニクソ、負けるものか、と改めて闘志が湧いてくるのを身の内に感じていた。イジメにあった会社でボスに従う女性たちの中にいて、ナニクソと思って耐えてきた。店主は久しぶりに若い頃の自分を思い出した。

いっぱしになったつもりの理屈は、さまざまな人たちに出会うことで修正もし、補強もされて、店主を成長させつつあることは確かだった。そして一番は、この仕事は、やはり楽しい、そう思えることだった。

火事だ

五階建ての第一ミーアビルは、道路に面して左側が福井雪子のコーヒーハウス「クスクス」、右側がブティック、真ん中通路の正面に整体院が入居している。ビルの通路の正面と左右に各店舗に入るドアがあり、二階以上が住居という構造である。

「クスクス」の店舗は幅およそ三メートルで、手動式軽量シャッターが下りている。店主が出入りするときには脇の通路側のドアを使う。ドアを開けると洗面所が右側に、左側にトイレが、合わせて一畳ほどのスペースで収まっている。この小さなスペースのドアをさらに開けると、喫茶店内になる。店内側から見れば洗面所の入口である。しかし、トイレを使用すれば、ここから外に出られることは一目瞭然である。悪意ある客がいるとすれば、コーヒー代金を踏み倒すことも可能な造りであった。

ウナギの寝床のように奥に細長い構造の十一坪の店舗の奥に、三畳ほどの居室スペースが作られている。設計者はその分席数が減る、と批判的であったが、店主には店舗と住まいの二か所の家賃を払うのは冒険すぎる気がした。商売が順調に行くのか、あるいは半年や一年で立ちいかなくなってしまうのか、の不安を抱えるより、当座の経費を小さくしたかった。商売が安定したらアパートに移る、という希望を託して、当面の苦肉の策として設計者の意見を押し切ったのであった。

三畳の居室には三か所鍵のかかるドアがある。一つのドアは、客席に出入りできるドア。日中は鍵をかけっぱなしだが、夜中トイレに行くときなどはこちらのドアを使った。

営業中はそのドアの前に背丈ほどの観葉植物ポトスの鉢を置いてある。そしてドアに小さく倉庫と書いた札を貼った。もう一つ、厨房から入れるドアがある。三畳の居室には店の消耗品なども置いてあるから、そのドアに鍵をかけることはない。最後の一つは、この店舗の裏口となっている防犯ガラスの引き戸である。これも日常的に鍵はかけっぱなしで、開けることはない。

居室にはベッドを据え、小さなタンスを置くくらいだったが、トイレも洗面もキッチン、冷蔵庫も電話も、その上食糧も店内にはある。さらに店を出て五分くらいのところに銭湯もある。店の奥で生活するにまったく不都合はなかった。

朝八時に仕込みにかかり九時に店を開け、夜九時に営業を終える。睡眠時間を入れても自由時間はわずかしかないが、通勤時間ゼロだから身体は楽であった。商売を始めるためにはどんな苦労も厭わない覚悟であったから、何の不満も感じなかった。とはいえ寝泊まりした当初は、ちょっとした物音にもビクッと反応するなど、なかなか寝付かれなかった。

店の奥に寝泊まりしていることは、客に知られないように細心の注意を払っていた。このドアの向こうは何？　と訊かれると、物置、と答え、どこから通って来るのですか？という客には、線路の向こう側、などと適当に答えていた。

閉店後一息ついてから近くの銭湯に行く。すでに十時を過ぎている。知らない土地だったから、銭湯に行っても顔見知りに会うことはなかった。だがしばらくすると、顔馴染みになった女性客とばったり顔を合わせたりするようになった。遅くなったからお風呂に入って帰ろうと思って、などと最初は適当にはぐらかしていたのだが、何回か顔を合わせるうちにそうはいかなくなって、実は内緒だけど店の奥に住んでいるんですよ、とこっそりと打ち明けたのだった。その女性客は、分かっていましたよ、と店主の浅智恵を温かく理解してくれた。店主に直接訊く者はいなかったし、店主も自ら話すことはなかったが、いつの間にか、親しい女性常連客の間では暗黙の了解事項のようになっていた。

そんなふうにして三か月も過ぎ商売も安定してくると、外の物音にびくつくこともなくなり、店の奥に住むことにも慣れてきた。

九時から九時の営業時間のその前後に準備や後片付けがあるから、店主の自由時間は一日三、四時間である。テレビもないから、銭湯から帰って来たあとは、帳簿をつけ、日記をつけ、あとは読書するだけだった。

商売は予想をはるかに超えて順調で、店主は満ち足りた気分で店舗の奥の三畳間で暮らしていた。不都合を感じないのは、新潟の寒村で育ったせいで、もともと要求の多い人間ではなかったからでもあった。

ベッドに寝転がっていつものように読書をしていた。すると、ドアをノックしたような音が微かではあったが聞こえた気がした。

店主は本から目を上げ、耳を澄ませた。店内はシーンと静まり返っていた。しばらくすると、またコン、コン、と小さくはあったが今度ははっきりと聞こえた。ドアをそーっとノックしているような音であった。この店舗の脇のドアをノックしている音に違いない。そう思ったとたん心臓がギュッと縮んだ。ドキドキして来た。子どもの頃一人で暗がりに行けないでいつも姉に助けられていたような、店主はもともととても臆病な人間であった。


夜中の十二時に、いったい誰が……、何のために……。

心臓はますます早く打ち、呼吸もできないくらいだ。

鍵をこじ開けられたらどうしよう。入って来たらどうしよう。

店主は咄嗟の判断で、パジャマをトレーナーに着替えた。それから音を立てないように用心しながら、逃げ口を確保しようと、まず裏口の引き戸の鍵を開けた。厨房へのドアは開いているからもし賊が入って来たら、カウンターを間にして、厨房から客席へ、客席から厨房へと逃げ回り、そのすきに洗面所のドアから逃げ出せるかもしれない、と思った。それから客席側のドアを開け、非常灯のうす明りをたよりに店舗の中ほどへとゆっくりと進んでいった。夜の店内に慣れているとはいえ、このような状況下での薄暗い店内は不気味だった。それでも一国一城の主である。ようやく手にしたこの城を守らなければならない。

洗面所の店側のドアに耳をつけ、そのまま息を殺して気配を窺った。店側のドアと通路入口のドアとの間隔は一メートルくらいしかない。相手もドアに耳をつけて中の様子を窺っているのだろうか。それともドアの郵便受けを押し上げて覗き込んでいるのだろうか。相手の吐く息吸う息が聞こえてきそうだ。店主は卒倒しそうなのをこらえて、ドアに耳をくっつけていた。

そのとき、またためらいがちにコン、コン、と小さくドアが叩かれた。心臓の鼓動の音が聞こえそうだった。

三度目？　唐突に、泥棒がドアなどノックするだろうか、という考えが閃いた。

泥棒ではない！

泥棒でないのなら、明らかに店主がここに住んでいることを知っている人間にちがいない、という考えが閃いた。するとまた違った恐怖心が増した。

客の誰か？　しかし、真夜中にドアをノックするなどという非常識な行動をする人間とは、いったい誰だ。

ドアの外で中の様子を窺っている男がいる。それは常連客であることに間違いないだろう。店主は慌ただしく、店に来る誰彼を思い浮かべたが、特定の誰かを思い浮かべることはできなかった。引き返すことも、ドアを開けて確認することもできないまま、酸素不足になりそうなほどの恐怖をこらえて立ち続けた。

どのくらい沈黙のままドアと向き合っていたのだろうか。

四度目のノックはされなかった。

店主はその夜、まんじりともせずに朝を迎えた。

翌日、いつものように店を開けたが、来る男性客の一人一人を緊張しつつ、その上さりげなさを装って、観察した。しかしどの男性客もいつもと変わりなく、軽口を叩いたり、ニュースを話題にしたりした。あのような非常識なことをやりそうな人は見当たらなかった。

「今日のユキコさん、ちょっと変よ。なんだか上の空って感じ」

と加藤さんがブラックコーヒーの入ったカップに手を添えながらいった。

「そうそう、一瞬目つきが止まるのよね、そしてその小さい目がギュッと縮まるみたいな、ほら猫が獲物を見つけたときのような、ね」

今度は稲村さんが少しからかい気味に話を引き取った。

客たちは、店主の変化には敏感だった。店主はやはりあの恐怖を自分一人の胸の内にしまってはおけなかった。加藤さんと稲村さんは信頼できる常連客であった。店主は思い切って打ち明けた。

「じつはね……、夜中の十二時頃、ドアがノックされたのよ、それも間隔をあけて、三度も」

「ええーっ」

稲村さんが大きな声を出し、それから首をすくめて店内を見渡した。そして、

「それで、どうしたの」

と声を低めて訊いた。

「洗面所のドアまで行って、じっと気配を窺っていたのよ」

「それで」

「……それだけ」

「なあんだ」

畳みかけるように質問されたが、店主にはそれ以上いいようがなかった。すると、しばらく思案気にしていた稲村さんが、

「ねえ、もしかして、F……さん、じゃない。あの人、いっつもカウンターの角のところに坐るじゃない。それで、目でユキコさんが動くのを追っかけているのよ。気がつかなかった？　ねえ、加藤さん」

と隣に坐っている加藤さんに同意を求めた。

「F……さん？」

店主は、四十代のずんぐりと太ったFの小心そうな顔を思い浮かべた。

「うーん、でもまさかFさんが……」

するど今度は加藤さんが、ずっと何かを考えていたようだったが、

「Kさん……は?」

とさらに声を小さくしていった。

「そうかあ、なるほどKさんね、あの人はカウンターには絶対に坐らないけど、ときどきちょっとしたものをお土産に買ってくるでしょ。それに私たちとはあんまりおしゃべりしないし、ねえ」

稲村さんは声を潜めつつ、彼に違いないと大きく頷いた。Kさんは三十代後半で、食品関連の会社に勤めていて、ときどき店主に自社の新製品を持って来てくれることがあった。だが、やっぱり店主は、うーん、と唸っただけだった。

「ユキコさんはこの奥に住んでいることがバレていないと思っているだろうけど、口には出さないけどみんな知っているわよ。分かるものなのよ、そんなことは」

「犯人は必ず現場に戻って来る、というじゃない。しばらくおねえさんの家から通った方がいいんじゃない?」

犯人などと物騒な言葉に店主はギョッとしながらも、二人のアドバイスに耳を傾けた。

その日は一日中男性客が入って来ると、一瞬身体が強張ったりした。閉店間際にぬっと入って来るのではないかと緊張したが、無事に店を閉めることができた。しかし、夜中にまたノックされるのかと怖かった。鍵を何度も確認したり、銭湯に行くときは周辺に人の

姿がないのを見計らって、帰りはさっとビルの入口に飛び込み、さらに人の気配がないかを確かめてから鍵を開けたりした。

それから一週間の間にFもKも何度か来店したが、変わった様子はなかった。その他の客の中にも、怪しく思える人物は見当たらなかった。店主はこれまで以上に、店の奥に住んでいるということをさとられないように注意していたが、あの晩のようなことはその後起きなかった。

開店から半年以上経ったこの頃には、もうアパートと店舗の両方の家賃を払ってもやっていけそうな気がするほど、商売の方も安定していた。店主はちゃんとしたアパートに越す潮時かな、と考えをめぐらせた。

アイドルタイムと呼ばれる客足の途絶える午後三時過ぎ、消防車のサイレンが遠くから聞こえて来た。それがだんだん店の方に近づいて来る。

店内の客たちはのんきにコーヒーを飲みながら、火事はどこだろう、などと話していた。そのうち近づいて来るサイレンに、

「なんか近そうよ」

心配になった稲村さんが、外の様子を見に出て行った。急いで戻って来ると、

「すぐ近くみたい」

と、あたふたと帰り支度を始めた。それを見て店内にいた客たちは浮足立ち、みんな外に出た。店主も一緒に店の外に出た。空を見上げると、ミーアビルの裏手辺りから煙が上がっていた。それが店の前の道路を越えて流れていた。かなり近い、というよりすぐそばだ。近所の顔見知りが二人、三人と寄り集まって、心配そうな表情で煙の流れて来る空を見上げている。

隣のブティックの店主・甲斐さんが店主を見つけて近寄って来た。

「このビルの裏にある道路は細いから、消防車が入れないらしいのよ。だから消防車はこの道路に集結しているみたいよ」

甲斐さんは眉をひそめた。次々とけたたましくサイレンを鳴らして消防車が来る。

誰かが、あの家だ、と指さし叫んだ。

「怖いわねえ、こっちまで燃え移らないといいのだけど」

甲斐さんがまたつぶやいた。

確かに煙はすぐ裏の方から流れていた。店主は火事見物などしている場合ではないと気づいて、慌てて店内に戻った。店内の客は皆外に出ていて空っぽだった。厨房から三畳の居室に入り、ガラスの引き戸の鍵を開けて、外を見た。

フェンスに囲まれたミーアビルの敷地に沿って細い道がある。その道を挟んだ三軒先の大きな白い家からうす黒い煙がもうもうと上がっている。どうしたことか、細いこの路地に野次馬はいなかった。焦げた臭いが鼻を突いた。そのうちに赤い炎が見え始めた。居室を出てフェンスから身を乗り出して見ると、消防車が大通りの方から第一ミーアビルの隣の民家の庭を通って放水を始めていた。放水で炎がチロチロと逃げ惑っている。店主はそれらを放心したように見ていた。

燃え移ったらどうしよう、ということさえ思い浮かばないくらいの動転で、呆然として火の手を見ていた。火はなかなか小さくならない。ときどき、ドッと音がして、大きく燃え上がったりした。こんな目の前での火事を見るのは生まれて初めてであった。恐怖心は店主を一種の放心状態にしていた。どのくらい見ていたのだろうか。突然店主の背後で、

「ママ、大丈夫だよ、ここまでは燃え移らないよ、安心して」

という男の声がした。店主の背中にくっつくほどに近づいて、店主の頭一つ上の方から声がしたのだった。

店主は仰天した。

振り返ると、中年のその男は何度か店に来たことのある客であった。だが、いままで取り立てて長く話したことはなかったから名前も知らなかった。その男がどうして自分の背後に立っているのか、火事の恐怖と同じくらい心が引きつって、思考も働かないし言葉も出なかった。

店主の恐怖心を感じ取ったのか、男は、

「いや、そこのドアの鍵がかかっていなかったからね」

と言い訳のようにいった。居室のドアが開いたままになっていた。

咄嗟に、動転していることを覚られてはいけない、と本能的に思った。

「ママ、大丈夫だから、大丈夫だから」

男はそういったが、部屋から出る気配はなかった。

「……すみません」

店主がようやく口にしたのは、まったく意味をなさない言葉であった。だが言葉を発したせいで、少し自分を取り戻せた。そして精一杯の冷静さをかき集め、男の脇を抜けて厨房に戻った。

男も、入って来た三畳間の店内側のドアから出て行き、店主が立っている近くのカウンターに坐った。

先ほどまで店内にいた客はみな外に出て誰も戻って来ていないのだから、店主が呆然と火事を見ているときに入店したのだろうか。

その男が坐る席はカウンターであったが、いつも店主からだいぶ離れた入口近くであった。店主が話しかければ、丁寧に受け答えをする、決して感じの悪い客ではなかった。しかし、いまこのとき男が店主の真ん前のカウンター席に坐ったことは、店主を落ち着かなくさせた。

たいしたことが起きたわけではない、というふうに一生懸命装って、注文を聞いた。

「ブレンドでよろしいでしょうか」

「いつものコーヒーを……」

と彼はいった。ゆっくりとサイフォンのフラスコに水を入れ、ガスを点火したが、まだ動悸は収まっていない。

彼は黙ってコーヒーを淹れるところを見ている。

「こんなに近くの火事なんて……」

気詰まりな沈黙を破るためには口を開くしかない。店主は尻切れトンボの言い方で、緊張感のガス抜きをした。彼が私室に入って来たことへの動揺を、火事のための動揺だと思わせる努力であったが、なかなか平静でいられなかった。

「……ベッドが入っているんだね」

それまで黙っていた男が、唐突にいった。

瞬間、店主は髪の毛が総立ちしそうになった。男の言葉に無反応を装い、開ける必要もない冷蔵庫を開け、時間をかけて中身を物色している振りをした。客に背を向けている間に心を落ち着かせ、今朝鍵をかけ忘れたかどうかの記憶を必死でまさぐってみた。しかしドアに鍵をかけることは当たり前だったから、かけたかどうかの記憶さえ定かではなかった。

「大丈夫、誰にもいわないから」

とその男は再び、いった。

——誰にもいわない！　どういうことだ？

店主は吐き気を催しそうなほど気持ちの悪いその言葉に、強い恐怖と反発を感じた。

夜中の臆病そうなドアのノックを突然思い出した。この男かどうかは分からない。いや違うだろう。しかしいまは昼間で、もうすぐ火事場見物の客が戻って来るだろうし、カウンターの向こう側とこっち側、という少し安全な場所でもある、と考えをめぐらせながら、

「親しい人はみんな知っていることですから、取り立ててどうこういうほどのことではありませんよ。それにもうアパートを借りてあるので、間もなく引っ越すことになっていますしね」

といったが少し声が震えた。しかし、不快と反発心が店主に平静さを取り戻させた。男が発した、誰にもいわない、という言葉から店主と男の立場が逆転したのだった。男はそれきり黙った。それでも内心早く誰か客が戻って来てくれないか、と店主は入口の方ばかり見た。

消火作業が早かったのか遅かったのか、火事は鎮火の方向に向かっているようだった。

店内にきな臭いにおいが漂い入って来ていた。外のざわめきはまだあったが、火事場見物

の野次馬がようやくぽつぽつと店に戻って来て、店主の気持ちにだんだん落ち着きが出てきていた。

「ママも見たかい、すごかったねえ」

「けが人が出なくて、まずはよかったよかった」

カウンター上では、興奮気味に火事の話題で賑わった。その男は客たちの興奮には加わらずに、それからすぐに腰を上げた。

会話の流れ方を間違えた男にとっても、もしかしたらバツが悪かったのかもしれない。自分の緊張感の緩みの結果の鍵のかけ忘れなのだから、客を責めるわけにはいかない。そう思いつつ、あのギョッとした嫌な感覚はなかなか抜けなかった。

火事の後の焦げ臭いにおいがいまも店内に微かに燻っていたが、けが人も出なかったし、類焼もなかったことが不幸中の幸いであった。

翌日、ビルを管理している不動産屋の営業が始まるのを待って、店主は店に通うのに便利で手ごろなアパートを至急探してほしい、と電話した。

夜中のドアのノックはその後一度もなかった。あれは誰だったのだろう。何をしたかったのだろうか。

祭りの客

市役所の若い男性担当者が、「文化の日」に店舗前の道路で市民祭りが行われることが決まりました、とチラシを持参して説明に来た。

二車線道路を通行止めにし、両側の歩道はガードレールを外して市内で活動する団体や個人、商店などの出店や屋台が立ち並び、パレードやブラスバンド、子ども神輿など、夕方近くまでイベントがあるという。

市民祭りは毎回場所が変わるが、今年で三回目だと市役所の職員はいった。店主はそんなイベントのことなど、まったく知らなかった。開催場所が毎回違ったとはいえ、店内にいる客で、過去二回も祭りがあったことを知っている者はいなかった。

駅前や市役所のある中心部でのイベントでないと、なかなか市民には伝わらないのか、あるいは市役所の宣伝がまずいのか、はたまた千葉都民と揶揄されるY市民の、自分の住む町への関心の薄さのせいなのか、いずれにしろ、店主にとっては興味惹かれる出来事であった。市役所の職員が帰ると、

「賑やかになっていいね」

「交通止めにするってすごいね」

「静かにコーヒーを飲みたいのに、この店の雰囲気が壊れる」

などと会話が活発になった。

店主の店からおよそ百メートル先の道路に面してある駐車場を借りて、祭り本部が設け

られるということだった。

当日は混雑するだろうと考えて、友人の真知子さんに手伝いに来てもらえるように、さっそく電話で頼んだ。彼女は開店時から三か月間、店を手伝ってくれていたから心やすい。真知子さんは昔の職場の同僚で、同じ市内に住んでいた。彼女が店を辞めたときには、客たちの間から、なんだ、彼女がオーナーではなかったのか、と落胆の声が上がったものだった。

彼女が注文の出し入れと会計を受け持った。客が支払いを終えて帰るときなどにサッとドアを開けて、ありがとうございました、と送り出していた。それは決して通り一遍ではなく、店主から見ても心がこもっていると感じられた。店主には思いつかない心配りが、コーヒーハウス「クスクス」に開店以来の繁盛をもたらしたことは間違いなかった。

彼女は細面の美人でまたしっかりとしていたから、確かにそそっかしい店主より彼女の方がずっとオーナーらしかった。常連客の中には、おっ、またあの美人さんに会えるのか、うれしいねえ、などと店主を冷やかす者もいたほどであった。

何日かして、現場の打ち合わせなどで市役所の担当者や業者が頻繁に店を使うようになった。出店者も場所確認に来ているかもしれない。いつもとは違うタイプの人たちの出入りで店は俄かに忙しくなっていったが、普段の落ち着いた雰囲気と違い、ざわついていた。常連客の中にも最初の「楽しみ」という気分から、静かな雰囲気がよかったのに、早く終わってほしい、などと苦情が出たりするほどであった。

前日になるとガードレールが外され、道路には出店の場所番号が貼られた。駐車場の祭り本部のテントも張られた。電柱から電気のコードらしきものが引かれていたりする。

いよいよ明日という日、客の間でもほとんどが祭りの話題であった。もともと祭り好きで野次馬的性質を多分に持っている店主も、周囲の熱気に感染しウキウキした気分になってきた。

店の開店時間は九時であったが、祭り当日は朝七時から仕込みに入り八時には店を開ける予定だ。すでにたくさんの小型トラックが荷物の搬入に追われていた。アパートから自転車で店に来る途中、それぞれの指定の場所であろうところに、たこ焼きや綿菓子の旗が立ち始めていた。あちこちで屋台の取り付け作業が行われていた。隣のブティックと店主の店の前は祭りの実行委員会が気を遣ったのか、出店はないようであった。道路の両側ではたくさんの出店者たちが準備に追われているから、第一ミーアビルの前だけなんだか禿げているような感じさえした。

真知子さんが七時半にやって来た。ショートカットの店主の日常的スタイルは、ジーンズに黒いエプロンである。いつもスカートの真知子さんは、フリルの入った水色の可愛らしいエプロンをつけた。対照的な二人ではあったが、三か月間の実績があるから阿吽の呼吸である。

掃除の方は彼女に任せて店主は仕込みにかかっていた。

十四席しかない喫茶店の満席といってもたかが知れているが、コーヒーを飲みたいというよりは少し休んですぐ祭りに参加する、そういう客たちが多いはずだから、回転率は高くなるだろう。

そんなふうに考えて、店主はブレンドコーヒー用の豆をいつもより多めにミルで挽いておいた。

十一月とはいえ、祭りの熱気でアイスコーヒーもたくさん出るだろう。アイスコーヒーをネルドリップで寸胴に落とす。コーヒーの香りが店内を満たす。サラダ用の特製のドレッシングをミキサーで作る。ツナや卵やポテトなどサンドイッチ用の具を仕込む。真知子さんがカウンターやテーブルの上のシュガーポットに砂糖を補充している。

パン屋さんが脇のドアをノックして入って来た。

「おはよう。ママ、今日は大繁盛だね。もう通りには人が動き始めているよ」

東北訛りの残っているパン屋のおじさんが、ニコニコしながらまだ温かいサンドイッチ用の食パンを配達してきた。いつもより多く注文してあった。

賑やかな音楽の合間に、ただいまマイクのテスト中、というアナウンスが店にも流れ込んできた。二人して、アイスコーヒーを立ち飲みした。

「じゃあ、少し早いけど、開けるわね」

真知子さんが洗面所で化粧を直してきりっとした顔で、エプロンの紐を締め直した。

真知子さんがシャッターを押し上げ、スタンド型の看板を運び出した。店主も彼女と一緒に外に出た。道路にはすでに両側にぎっしりと屋台が並んでいた。まだ作業中の店もあれば、おにぎりを食べながら一服している女性もいた。市民の出店と商売人の屋台とは、区域が分かれているようだった。店主の店の周辺は祭り専門の屋台の人たちだった。

隣のブティックの甲斐さんが、店の前にワゴンを出して準備を始めていた。ブティックもいつもより店を開けるのが早い。

「おはようございます。張り切っていますね」

店主は声をかけながら、ワゴンの中を覗きにいった。

「まあね、祭り見物の人が買えるような小物ばかりを選んだのよ。あなたのところはサンドイッチやコーヒーを外に出して売らないの。見物客が買うんじゃないの」

といった。

「うちはいつも通りで行くわ。さて、お互い頑張りましょう」

店主が店に入ると、待っていたように二人組の客がドアに近づいて来た。真知子さんがソプラノで、いらっしゃいませぇ、といって、入口のドアを開けた。オレンジ色の揃いのジャンパーを着た祭りの関係者だ。二人掛けテーブル席に坐りアイスコーヒーを頼むと打ち合わせを始め、二十分もしないで出て行った。店はパラパラと客の出入りが始まったが、ほとんど祭り関係者でみんな二十分とはいない。回転率がいいのだからうれしい。

そこに、

「よおっ」

といいながら、常連の石塚さんが入って来て、カウンターの一番奥の席に坐った。彼は酒屋の隠居だ。

「やあ、真知子さん、久しぶりだねえ、こんなへちゃむくれと違い、やっぱり美人がいると店も華やぐね」

いつものからかい口調で店主にちらりと視線を向け、それから真知子さんを見た。

「やだあ、石塚さん、相変わらずですね」

壁を背当てにして入口の方に向き直った石塚さんに、真知子さんはソプラノで応じていた。

男が二人、店内を見回すようにして中ほどまで入って来て、石塚さんから二つ席を空けてカウンターに坐った。二人とも髪が短く刈り上げられていて、祭り関係者だとすぐに分かる。

いらっしゃいませぇ、という真知子さんのソプラノの声は、店内に華やぎを与える。しかし男たちは、真知子さんが持っていったお冷をにこりともしないでグイと飲み干すと、そのままムスッとしていて注文をしなかった。祭りの華やぎとは違い、怖い感じがする。

真知子さんが店主の方をチラッと見た。

　そこに稲村さんが、今日は商売繁盛ね、といいながら石塚さんの隣のカウンター席に坐ろうとした。だが、二人の男たちをチラッと見ると、石塚さんの後ろのいままで坐ったことのない二人席に坐った。そして、何かいいたそうに店主を見た。店主も目で応えた。店内は外の祭りのにぎやかさと対照的に、しんと静まり返っている。男たちは注文する気配がない。

　ドアベルが鳴って、祭りの関係者であろう男が三人入って来た。一人は丸坊主だ。奥まで来ると、先に坐っていたカウンターの男の隣に坐った。先に来ていた男二人は、ちょっと腰を浮かせ軽く頭を下げたが、どちらも沈黙のままだった。あとの二十代であろう二人も、坊主頭の隣に腰を下ろそうとした。坊主頭が、一番後ろから入って来た茶髪の若者に顎で、テーブル席に坐れ、と合図した。茶髪は黙っていわれるままに、入口を背にしてテーブル席に坐った。もう一つある稲村さんが坐っている席と向き合う形だ。

「あっ、ユキコさん、コーヒーまだ淹れていないでしょ、私、用事を思い出したからまたあとで来るね」

　稲村さんが急に席を立ち、石塚さんの肩をちょっと叩いて出て行った。

　小さな店のカウンター席を独特の風体の厳しい表情の男たちに占められると、異様であった。店主は緊張していたが、平静さを装って男たちを観察した。

坊主頭の首のあたりに青黒いものがチラッと見える。痣？　いやいやイレズミ？　そのスジの者？　店主はさらに緊張した。真知子さんもお冷を運んだときに気がついたようで、また店主と目だけで、コワーイ、と会話してきた。

男たちは、店主の前のサイフォンを興味深そうに見ているのだが、誰も一切口を開かない。店主も、もちろん真知子さんも石塚さんもしゃべらない。誰も注文しないから、店主は下を向いてフラスコを磨くしかない。十一坪のうなぎの寝床は重苦しい沈黙が支配していた。いや、重苦しいと感じているのは店主と真知子さんだけだろう。

このような風体の人たちが店に来たことはなかった。店主は石塚さんの方をチラッと見た。石塚さんがいてくれるだけでも心強い。だが石塚さんはそんな店主の思惑に頓着せず、壁を背当てにして男たちの方を向いた格好でさりげなく観察しているようだ。

男たちが注文しないのをいいことに、真知子さんはカウンターの端の入口近くに行ってしまい、彼らを無視していた。

店主の頭の中にはさまざまな感情がうろうろとめぐる。重苦しい空気を破るために、

「何にしましょうか」

とカウンターの四人の男の誰と特定しないで注文を聞いた。だが男たちは何もいわない。店主の方を気にして見ていた真知子さんに、どうしようか、と目で会話した。彼女も、どうする？　と目で返した。どうしようもなかった。しばらくして坊主頭が唐突に、

「アイスコーヒー」

といった。

その一言に他のみんなも同意しているように見えたが、誰も声を発しない。やっぱり確認しなくてはいけない。今度は真知子さんが店主の方を見た。店主は軽く頷いた。

「アイスコーヒー五つ、でよろしいでしょうか」

真知子さんが、坊主頭のそばに行って、確認した。

「ああ」

坊主頭はそれだけをいった。

「アイスコーヒー五つ、おねがいしまーす」

「はーい」

店主も真知子さんも妙に声質が高くなっていた。

彼らは相変わらず誰も会話をしなかった。タバコも吸わなかった。椅子にふんぞり返ったりもしなかった。だらけた感じがない。硬い姿勢で坐っている。店主には張り詰めた息苦しさが伝わってくる。真知子さんがカウンターの中に入って来て、俯いてシンクの中のたいして入っていない食器を洗う振りをした。

店主は、グラスに氷を入れながら、やっぱり緊張していた。ヤクザかどうか分からないが、任侠映画のそれにそっくりだ。真知子さんも感じることは同じようで、目で合図してきたり、カウンターの下の方の見えないところで、いろいろな仕草でサインを送ってくる。店主はかえって男たちに気付かれるのではないかとハラハラしながらも、カウンターからは見えないところで真知子さんに合図したりした。

いつもはいろいろと世間話をする石塚さんが、何も話しかけてこない。何かあったら店主である自分が矢面に立たなければ、そんなことも浮かんでくる。

「アイスコーヒー、おまちどおさまぁ」

すぐ隣にいる真知子さんに、店主は甲高い声でいった。

「かしこまりましたぁ」

真知子さんも、いままでいったことのない言葉を発して応じた。固まったような雰囲気の店に甲高い声が場違いの明るさであった。

真知子さんがカウンター席の一人一人にアイスコーヒーを出していった。最後にテーブル席の茶髪男に持っていったのだが、茶髪は案外きちんとした言い方で、カウンターに置いてください、といった。真知子さんは、いわれたままカウンターのゾロリと並んでいる男たちの一番端に置いた。コーヒーさえ出してしまえば、彼らと関わらなくてもいいから、幾分気持ちにも余裕が出てきた。店主は目が合わないように、伏し目がちにしてチラチラと彼らを観察した。彼らは誰一人自分の前に置かれたアイスコーヒーに手をつけていない。ミルクもシロップもストローも手元にあるのに、真知子さんがカウンターに置いたそのままだった。グラスの表面に水滴がつきはじめて、中のコーヒー色がうすぼんやりとしてきた。

ヤダナー、どうしよう、店主と真知子さんは目を合わせてまた会話した。やはりどこかおかしい、そう思っていたとき、ドアベルがカランと鳴って、客が入って来た。初老のごま塩頭の角刈りで、しょぼくれたような灰色の作業着を着た男だった。

店主と真知子さんはほっとして、同時に、

「いらっしゃいませぇ」

と尻上がりの甲高い声を出した。その声と同時に、テーブル席にいた茶髪が直立するように立ち上がり、カウンター席にさっと移動した。カウンターの男たちが一斉に立ち上がった。

ごま塩頭のおじさんは、ゆっくりと店の奥の方に進んで来た。そして、茶髪が立ち上がったテーブル席に、入口の方を向いて腰を下ろした。それを見てから、男たちは一斉に腰を下ろした。それはやっぱり任侠映画のワンシーンのようであった。

「ホットコーヒー」

と、ごま塩頭おじさんが店主に向かっていった。この異様な光景の一部始終を緊張した面持ちで見ていた真知子さんが、慌ててごま塩頭おじさんにお冷を持って行った。そして、すぐに、

「ホットコーヒー、お願いしまーす」

と店主に向かっていった。

「ホットコーヒー。かしこまりましたぁ」

滅多に発したことがない言葉が、小さな店のあちこちにぶつかりながら消えていった。

店内は二人の甲高い声と、聞こえるか聞こえないか程度のＢＧＭだけだ。あとは誰一人音も立てない。

店主はすぐにサイフォンのフラスコに水を入れ、コーヒーを淹れる準備を始めた。

その間、男たちは誰も口を開かない。ただ、男たちの視線が、店主の手元に注がれているのを、店主は痛いほど感じていた。ポコポコと沸騰し始めたフラスコのお湯が、ゆっくりとロートに上がっていく。

沈黙の中、ごま塩頭おじさん以外の、真知子さん、石塚さんを入れて店主の手元に十四個の眼玉が刺さってくるのが、わかる。長い時間がかかったような気がするが、砂時計の青い砂はいつも通りのタイムで落ちた。

「おまちどおさまぁ」

と店主は真知子さんにいった。真知子さんがコーヒーをテーブルに運んで行き、

「おまちどおさまでしたぁ」

とまたオウム返しに繰り返した。

ごま塩頭おじさんは、コーヒーに砂糖をたっぷりと、ミルクをドボドボと入れ、かき回さないで口に運んだ。ゴクンと一口飲んで、カップをソーサーに戻した。それを見届けると、

「いただきますッ」

と坊主頭がいった。

それを合図に、カウンターの男たちが一斉に、キリッとした野太い声を出した。思わずフラスコを洗っていた店主は顔を上げた。

ごま塩頭おじさんは、男たちに応えないで、椅子の背に背中を預け、ふんぞり返っているというのではなく、さもくつろいだようにコーヒーを飲んでいるのだった。

カウンターの男たちは、それでようやくそれぞれのアイスコーヒーに口をつけた。だれもがブラックで、ストローを使わずに、そして、一様に素早くグラスを空にした。

ごま塩頭おじさんがゆったりとコーヒーを飲み終わるのを見届けると、坊主頭が、

「ごちそうさまでしたッ」

と立ち上がって、ごま塩頭おじさんに向かってカクッと頭を下げた。すると他も一斉に立ち上がり、

「ごちそうさまでしたッ」

と野太い声を放ち、一礼して店を出て行った。

一人残ったごま塩頭おじさんは、彼らなど眼中にないように、見送りもしない。好々爺にさえ見えるおっとりとした様子でくつろいでいる。

ちょっと見には老植木職人に見えなくもないこのおじさんが、いわゆる露天業者の元締めということだろうか。

店主は商売を始めたばかりのときに、ある種の人たちがおしぼりだとか植木鉢だとかを、置いてくれ、といって来ることがあるが決して関わらない方がよい、と家主の小早川さんからアドバイスをうけていた。確かに、最初の年に若い男が、正月のしめ飾りを買ってくれ、と店を訪れたことがあった。値段を聞くとスーパーで売っているものよりずいぶんと高かったからそんな高い物は買えません、と断ると、それでは自分が一生懸命店に通うから、といわれたことがあった。あのときの恐怖を思い出しながら、親分というものは違うのだろうか、などと思った。

しばらくして、ごま塩頭おじさんは席を立った。今日の会計係は真知子さんの役割だったが、店主は自分からレジに出て行った。日焼けした節くれだった短い指で、ごま塩頭おじさんは財布から一万円札を出した。布製の決して高級そうな札入れではない。角が少し擦り切れていたが、チラと見えた中身は結構な厚みがあった。真知子さんが、

「ありがとうございました」

と、しとやかな声で入口のドアを外に押し開けた。

おじさんは、や、どうも、といって出て行った。おじさんの姿が見えなくなってドアを閉めると真知子さんが、

「怖かったぁ」

といった。店主も、何がというわけではないが、怖かった。

「さてじゃあ、俺も、そろそろ帰るとするか」

石塚さんが店主たちをからかうようにいって、腰を上げた。

石塚さんは一応見張り番をしてくれていたようだった。

プリンセスドウモナコ

七十代半ばの生沢さんは開店以来の常連客だが、一度もカウンター席に坐ったことがなかった。彼はいつも二人掛けテーブル席でコーヒーを飲み、店に置いてある経済新聞を読んで、小一時間ほどでして帰って行く。背筋をキッと伸ばしている姿は、謹厳実直な頑固親父という感じで、近寄りがたいものがあった。気むずかしいという印象があったから、店主はほかの常連客のように打ち解けた気持ちにはなかなかならない。またそうなってはいけない客でもあった。

彼から話しかけられたときには普通に会話するのだが、ほかの客とは違い一定の距離を置き敬語で話した。彼のくつろぎの時間を邪魔しないようにとそのあいだ中、気が抜けなかった。

店主と顔馴染みになるということは、他の馴染み客とも顔馴染みになるということでもあった。店に入って来た客は、彼がいれば挨拶するし、彼も礼儀正しく返礼する。だが彼との関係はおおかたがそこ止まりであった。たいていの常連客は、カウンターに坐り、隣り合った者同士で軽口の会話が始まる。テーブル席の彼に背中を見せる位置ということもあるが、そういう位置関係のせいというよりは、煙ったい存在、と思われているからでもあった。

それでも、ときたまカウンター上での会話が彼の興味を引いたりする場合がある。すると彼の方からカウンター席の客の背中に向かって話かけることもあった。だが、どうも彼の場合、真正面から話題の本質に入って来るから、それまで軽口や冗談口を叩いていた側からすると、話の接ぎ穂を失ったような具合になってしまい、場が白ける、といことがたびたびであった。

彼は、曲がったことや不正からは遠い正義の人、と思われている。それは、堅苦しく融通が利かない、どっちかというと近寄りがたい存在である、ということでもあった。そうであっても、彼が善良で善意で「正しい」人であることは衆目の一致するところであった。だがその正しさは、他者に対しても厳しかったから、気楽に憩いに来ている客にとっては、煙たい存在でもあった。

ある日、男性の客が入って来て一番奥の二人掛け席に坐ろうとして、前の席にいた生沢さんに気づいた。

「おっ、生沢さん、あなたもここにはよく来ているのですか」

と珍しそうに声をあげた。それから壁に背を当て、くつろいだふうにして腰を下ろした。

「やあ、どうも。よく来るというわけではありませんがね、この近辺では日経新聞を置いている店はここだけなんですよ。棚垣さん、あなたこそよくここに来られるのですか」

と、生沢さんは読んでいた新聞を畳んで脇に起きながらいった。

「いやあ、僕はまだまだ新参者でしてね、ねえ、ママ」

狭い店だから、店中に聞こえる。

生沢さんが店に「よく来る」のは「日経」を読むためだ、とあえて強調したように店主には感じられた。生沢さんには、女性が一人で切り盛りしている店に足繁く通っていると思われることは、「色気」的意味に取られたと反応したようだった。生沢さんらしい、と店主は思いつつ、棚垣さんの言い方からそこまで反応するのは生沢さんの過剰反応のようにも思われた。同時にまた、「おんな」が「ひとり」であることは、色気だとか下心といった感情の微妙な渦を引きおこさせるものなのか、と店主には発見でもあり不満でもあった。

生沢さんより少し若い棚垣さんは、確かに店に来るようになってからまだ日は浅い。だが気さくな人で、その短い間のちょこちょことした世間話の端々から、店主はもう彼の名前も、どのあたりに住んでいるかも、聞き知っていた。

「生沢さん、会社を辞めてどのくらいになりますか」

「五年……ですかね。ちょうど七十で辞めましたから」

「ほう、そんなになりますかね。ねえ、ママ、生沢さんは僕と同じ繊維業界の方でね。僕なんかとは大違いで、大きな会社の重役さんだったんだよ」

と、棚垣さんは店主の方を見ながらいった。

「でも、生沢さん、なんでそんなに早くお辞めになったんですか、もったいない」

「老兵は……ですよ。やはりね、若い人たちに活躍してもらわないとね。煙ったい存在になっては駄目ですから」

それから二人は、業界の共通の知り合いの名前などを挙げてしばらく会話していた。そして、先に来ていた生沢さんが、

「それでは、お先にどうも」

と立ち上がり、丁寧に腰を折って挨拶をし、それから帽子をかぶりカウンターの上にぴったりのコーヒー代を置いた。

「や、かえってお邪魔したようで」

棚垣さんも少し腰を浮かせて挨拶を返した。

「……生沢さんは立派な人なんだよ。厳しすぎるという面はあったけどね。いやあ、ここでお会いするとは思いもよらなかったなあ」

と棚垣さんは、生沢さんの帰って行く後ろ姿を見送りながら少し声を落としていった。

それから棚垣さんは自分の会社名はいわず、生沢さんの会社名をいったのだったが、店主はまったくその方面には門外漢であった。

「いま何やっているのかなあ」

棚垣さんがまたつぶやいたが、店主には答えようがなかった。二人は同じ業界でたぶん規模的には生沢さんの会社の方がずっと大きいのではないか、と会話の端々から店主は勝

手に想像した。

店主は生沢さんが繊維関係の人だと知っていた。というのは、常連客が着ている洋服の生地が珍しいと思うと、ちょっといいかね、と手で触って感触を確認したりするなどの興味を示すことがたびたびあったからだった。そして、僕は生地を見るとついね、などと照れたように言い訳をしたりしていたのだった。

翌日、午後にやって来た生沢さんが、珍しく新聞に目を落とす前に、

「棚垣さんは、よく来るのかね」

と店主に訊いた。

「いえ、そんなではないですけど」

それきり生沢さんは棚垣さんのことを話題にすることもなく、新聞を読みいつも通りに帰って行った。生沢さんと棚垣さんのコーヒータイムが違うのか、その後一緒になることはなかった。


ある日、シャッターを押し上げ、看板を外に出していると、

「切ってきたばかりだよ」

と生沢さんが新聞紙にくるんだバラを、店主の目の前に差し出した。

「まあ、きれい。ありがとうございます」

店主は驚きながら受け取った。新聞紙の中には、ピンクの縁どりで内側がかすかにクリーム色をしているバラが五本入っていた。水を湿らせたティッシュペーパーを茎の切り口に巻き、その上をラップで包んであった。

生沢さんがバラ作りをしていることは、店主も知っていた。

店主はたびたびお客さんからトルコ桔梗とか、ヒマワリとか、ガーベラなどの花束をいただくことがあった。カウンターに置かれた花瓶の中のさまざまな花には何もいわないのだが、バラの花が活けられてあるときには、生沢さんがそれを見る目は厳しかった。

深紅や純白やピンクなど、バラにはさまざまな色や種類がある。一輪挿しに挿された清楚さ、大ぶりの花瓶にどんと活ける華やかさ。バラはどんな活け方をしても特別な存在感がある。特に三分ほど開いたバラにはなんともいえない気品がある。茎もすっくと立つ太い茎もあれば細い枝咲きもある。

女性客たちも、やはりバラって、どこかほかの花と違うわねえ、などと飾られたバラをほめるのだが、それを耳にした生沢さんは、花屋のバラはやたら茎が太く、ただ棒のように突っ立っている感じで、バラの感情が見えない、葉にも生気が感じられない、などとまじめな顔つきでいうのだった。決して皮肉をいっているのではなかった。たぶんそれほどバラに対する思い入れが強いのだろう。

「お客さんからいただいたものなのですよ」

そういいながら店主は、いくら自分がバラ作りをしているからといって、人が持って来てくれた好意にケチをつけるなんて、へそ曲がりな頑固親父、などと腹の中で毒づくだけで口には出さない。

生沢さんはクリスチャンで、近所の教会のバラの手入れを一手に引き受けてやっていた。だから麦わら帽子と手拭いを首に巻いた格好で、自転車を走らせている姿を目にすることがあった。店はその通り道にあるのだが、決してバラの手入れの行き帰りには寄らず、改めて着替えてからやって来る。常連の女性が、

「さっき教会でバラのお手入れをしているのをお見かけしましたけど、わざわざ着替えていらっしゃったのですか」

と糊の効いた白いワイシャツ姿の彼に、珍しくお愛想をいった。すると彼は、

「お客さんが憩う場所に、土で汚れた格好で入って来たら、それは失礼なことですよ」

とにこりともしないで答えた。

「まあ、すごい心遣いですね」

「当たり前のことです」

当然のことを取り立てていうほどのことではない、とにこりともしない態度なので会話はそれで終わった。常連の女性は、店主の方を向いて舌を出し、肩をすくめた。

確かに生沢さんのいっていることは間違っていないし、むしろエチケットであるかもし

れない。また彼が硬直的な態度でいっているわけでもなかったが、訊いた側にとって彼の言い様は、取り付く島がない、ように聞こえてしまう。彼の言葉はどちらかというと断定的だからかもしれない。しかし好悪や苦手など、人それぞれの感性があるのだから、店主がどうこういうことではない。

生沢さんは周りの気分を感じているのかいないのか、常にいつも変わらなかった。

そんな生沢さんが、自分で丹精して作ったバラの花を持って来てくれたのだった。

茎についている棘は、すべて削り取られ危なくないように配慮されている。ピンクの縁どりのある少し開きかかった花びら、そのほかの部分は白地なのだが花びらが重なっているところは仄かに黄味がかっている。花びらの上には切りたてのために小さな滴の玉をのせている。その姿は、なんともいえない清楚さ、高貴さ、その上バラの息遣いまで聴こえてきそうなほどで、うっとりする美しさであった。生沢さんがいうように、花屋さんの冷蔵ケースの中にあるよそゆきの表情をしたバラとはまったく違っていた。確かに、以前カウンターのバラを見ていっていた生沢さんの言葉が、素直に頷ける美しさであった。

「なんてきれい」

店主は花弁に顔を近づけ、目を閉じほんのりと甘い香りを嗅いだ。

「茎の下を水に漬けて、すぐに水切りをして」

「はい、すみません」

生沢さんは、店主のうっとりした仕草には無感動に、実際的なことをいった。彼としては、花が水を欲しっている、ということであって称賛はそのあとでいいのだった。

急いで店内に戻り、ボールに水を漲った。店主について店に入って来た生沢さんは、カウンター越しに店主の手元をジーッと見ている。緊張しながら店主は一本一本丁寧に水切りをした。それから大ぶりのガラス製の花瓶を取り出し、バラを活けた。

「花瓶がちょっと合わないけど……。まあ、仕方ないか。この花の名前は、プリンセスドウモナコというのだよ」

そういって生沢さんは頭をうしろに傾けるようにして、プリンセスドウモナコの活けられ方をチェックするように見た。店主はいままでバラの個別の名前など知らなかった。モナコの王妃グレース・ケリーからとられたというそのバラは、名前を知るとまた一段と感動も増した。

生沢さんはようやくいつものテーブル席に坐り、今度は仰ぎ見るようにして自分の丹精した彼女を満足そうに見ていた。

「うーん、うん、一番よい頃合いだ。これがもう少し開くと、しどけない感じになるからね」

彼は満足そうにいった。生沢さんのそれほど愛情のこもったバラであったから、いただいた嬉しさ以上に、店主には緊張感の方が大きかった。それでも、花瓶に活けられた姿に満足そうな生沢さんの態度に、店主もようやく安心してコーヒーを淹れ始めた。生沢さんはいつもならすぐ新聞を読み始めるのに、テーブル席の椅子に背中を預け、バラを眺めているのか、店主がコーヒーを淹れるところを見ているのか、カウンターの方をずっと見ていた。

「バラって、とっても手入れが大変だって聞いたことがありますが……」

店主は生沢さんの席にコーヒーを運んで行きながらいった。

「いや、なんでも、難しいことは同じだよ」

そういってから生沢さんはカップを口元に運んだ。店主がカウンター内に戻ったとき、

「ところでキミ、この店を始めてからどのくらいになるかね」

唐突に店主に関することを訊いてきたので、店主に緊張が走った。

以前生沢さんが来ていたとき、カウンター席で常連の女性客同士で会話が盛り上がっていたことがあった。一同がどっと笑うから、小さな店いっぱいにその笑い声が広がる。店主も楽しくて一緒に大笑いしていた。その翌日に、誰も客がいないいまだからいうが、と前置きの後、キミ、最近緊張感が欠けてきたのじゃないかね、といわれたことがあった。生沢さんの感覚からは、他の客がいるのに特定の客と笑い合っている店主は、たるんでいるということであった。

だから生沢さんが改めて店主に何かをいおうとしたときに真っ先に浮かんだのは、お小

言、ということだった。コーヒーの出し方がまずかったのだろうか、それとも挨拶の仕方がいけなかったのだろうか。店主はあれこれ思いめぐらせた。バラをいただいた嬉しさは一瞬のうちに吹き飛んだ。緊張したまま、

「はい、あのー、先月で三年が過ぎました」

と答えた。

「そうだ。そのくらいになる。たしか僕が仕事を辞めて少し経ってからだった……」

生沢さんは納得するように頷き、しばらくしから何かをいおうとした。そのとき久しぶりに棚垣さんが入って来た。

「やあ、生沢さん。お久しぶりです。なかなかお会いしないものですなあ」

そういって、棚垣さんはカウンター席に坐り、

「ママ、いつものコーヒーね」

と大きな声でいいながら、カウンターのバラに目をとめた。

「おっ、きれいだね、どうしたの？」

「ええ、すてきでしょ。プリンセスドウモナコという名前なんですよ」

店主はそれだけをいって、コーヒーを淹れる準備を始めた。

「僕が今朝切ってきたんですよ。教会に届けるついでにね」

生沢さんが変に誤解されては困るとでもいうように、すぐに話を引き取った。

「ほう、生沢さんが。そうですか。実にきれいだ。プリンセスモナコですか」

棚垣さんは改めてバラに目をやった。

「そうです。プリンセスドウモナコです」

生沢さんは正式名をいい直し、それで話は終わった。

「さてっ、どうぞごゆっくり」

生沢さんは腰を上げ、帽子を取って挨拶して帰って行った。棚垣さんも、や、どうも、と会釈して見送り、持ってきた新聞を広げた。生沢さんが帰ってしばらくして、

「生沢さんもなかなかだね」

棚垣さんが新聞から目を上げていった。店主はその含みのあるような言葉に、あまりいい感じを持たなかった。だがそれよりも、店主は生沢さんが何かをいおうとしていたことが気になったが、ひとまずお小言をもらう日が一日延びた、と思った。

翌日、何事もなかったかのように、いつもの時間にいつもの雰囲気で生沢さんがドアを開けたとき、店主はぎゅっと心臓が痛んだ。

「昨日いい忘れたけど」

コーヒーを淹れている店主に生沢さんが話しかけてきた。店主は思わず手が止まった。

「昨日、この店は三年になるっていっていたね」

店主は直立不動の姿勢でお小言を聞く態勢に入った。

「僕は以前キミに失礼なことをいったことがあるんだ……」

そういって生沢さんは黙った。その沈黙は店主の緊張を最大にまで高めた。やっぱり生沢さんに何か気に障ることをしたか、いったかしたのだ。店主はあれこれ考えをめぐらし、生沢さんの目の色を探ろうと神経を集中し、謝らなければならないだろう何事かについて心の準備をした。

「僕はね、こんな場所でキミみたいな素人が商売を始めても三か月か、せいぜいもって三年だ、といったことがあるんだよ。キミが覚えているかどうか分からないがね。開店してすぐの頃だったと思うがね」

確かにそういわれたことを店主はしっかりと覚えていた。あのときの緊張感と、ナニクソという負けじ魂とを。

生沢さんは自分のいった一言をずっと引きずっていたというのだろうか。意外な言葉に、店主は緊張が解けないまま生沢さんの次の言葉を待った。

「一生懸命やっている姿を見て、悪いことをいったと気にしていたんだ。確か何か月間は休みなしだっただろう。よく頑張ったねえ」

生沢さんはしみじみとした声でいったのだった。

あまりにも意外な言葉だったので、店主は肩から力が抜けるような、ハア、と意味もない声を漏らした。

生沢さんはしばらくしてから、

「バラはお祝いと罪滅ぼしだよ」

といった。再びつぶやくように、

「僕は長いこと商売をやっていたからこんなんで大丈夫か、と思っていたのだ、まあ、僕の娘のようなものだからね」

ともいった。

持って三年だ、といわれたことを店主ははっきりと覚えている。

そもそも内装工事をやっている職人ですらこんな地の利の悪い所、と思ったとあとで笑い話として打ち明けられさえしたほどであったのだ。義兄の、もう少し他を見てからにしたらどうか、という忠告にも耳を傾けず、ここしかないと喫茶店の学校での戒めも心に落ちず、高揚した気持ちで突き進んだのだった。商売に長けた人にとってこの場所は決して良い立地ではなかった、のだとは店主には思いもよらぬことであった。

開店間もなくで緊張感と高揚感と達成感、うれしさと刺激とが入り混じって毎日は充実していたから、店主はいわれたことを深く引きずらなかったのだろう。むしろ、ようやく叶った夢だったから、ナニクソ、という反発心の方が勝ったような気がする。

店主の緊張は少しずつ解けていった。生沢さんは長年自分の発した言葉を気にしていたのだった。

客のいない朝一番にバラを持って来てくれたことが、生沢さんらしかった。

「生沢さんのそのお言葉があったから、奮発してやって来られたのかもしれません」

店主の、少々優等生過ぎるが、心の底から出たお礼の言葉であった。

バラは花瓶に挿した昨日よりは少し花びらが開いていた。生沢さんは店主の言葉に何の感情も示さず、花瓶を少し動かして、プリンセスドウモナコの活け具合を確かめた。甘い香りは昨日より増したようだった。

「キミ、今朝もちゃんと水切りしたかね」

「はい、一センチほど切りました」

店主にまた緊張が走った。

「そうか、それならいい」

生沢さんはいつもの生沢さんであった。

缶カラレジ

初夏の心地よい朝の風の中を、店主は自転車で店に向かっていた。勤め人とは逆方向なので、自転車を走らせるのも楽だ。

店の営業時間は九時から九時。入店は一時間前。何種類もの豆とバリエーションのコーヒーがメーンで、あとは軽食のサンドイッチとサラダだから、朝の仕込みにはたいして時間はかからない。

店主はビル脇の自転車置き場に自転車を止め、ショルダーバッグのポケットから鍵を出した。この五階建ての第一ミーアビルは、道路に面して真ん中に通路があり、入ってすぐ左が店主の喫茶店、右がブティックの入口、正面が整体院である。店主はいつもの動作で、鍵を鍵穴に差し込み回した。一瞬微かに違和を感じたが、再度ガシャガシャと回し、いつも通りに店の中に入った。

店内の電気をつけ、厨房に入り、ＢＧＭのスイッチを入れ、エプロンを着けた。いつも通りの手順であった。アイスコーヒー用の湯を沸かして、とシンクの下の棚から大ぶりのやかんを取り出そうとしゃがんだ。あれッ、コンクリートの床に、コショウの瓶が落ちている。店主は一瞬いぶかしく思ったが、夕べ急いで店を閉めたからだろう、まったくしょうがないなあ、などと思いながらコショウの瓶をいつもの調味料を置く場所に置いた。

アルミのやかんをガスコンロにのせ、火を点けた。それからまたいつものように換気扇の紐を引っ張った。あれっ、換気扇が回らない。店主は換気扇の紐を何度も引っ張った。

だが、何かが引っかかっているようでファンは回らなかった。もう四、五年も経つから壊れても仕方ないかもしれない。業者に電話をかけなければ、などと思いながら、やかんから細口のケトルに湯を移し、アイスコーヒー用の粉をネルドリップにセットした。

喫茶店の専門学校に行っていた頃、講師が、湯は8の字を描くようにゆっくりと注いでください、などといっていたことを思い出しながら、アイスコーヒーを丁寧に寸胴に落としていった。小さな店内にコーヒーの香りが漂い始めた。

サンドイッチ用材料の調理を続け、朝の仕込みを終えた。カウンターやテーブルを拭き、砂糖やナプキンを補充した。開店準備は整った。

シャッターのカギを開けて、ガラガラと押し上げた。店の前のクスノキの街路樹が濃い影を広げているが、初夏の浮き立つ気分を妨げはしない。隣のブティックの甲斐さんも店の前の掃除に出ていた。

「おはようございます」

お互いに挨拶を交わし、店主は店の前を掃き、水を撒き、深呼吸して店内に戻った。九時少し前である。

あとはレジ代りのクッキーの空き缶の中の釣銭チェックをすれば、すべてが完了だ。

レジスターは開店時に資金的余裕がなくて購入できず、きれいなクッキーの細長い空き缶をカウンターの下に棚を作って置き、その場をしのいだ。いまではかえって仰々しさがなくて、この小さな喫茶店にはふさわしい、と店主も気に入っていた。張り出したカウンターの下の、客から見えない位置にある棚だ。小銭を入れたときに缶の小さな音がする。いつのまにか、缶カラレジ、などと常連客にからかわれたりしていた。

店主は、いつものように缶カラをのぞいた。はて、何かが違うような気がする。缶カラの中が空っぽだ、ということに気づいたが、やっぱりあれ？　とつぶやいた。毎回釣銭に必要な額の小銭を残して、紙幣や多すぎる小銭は持って帰っていたのだった。しばらく空っぽの缶を思考が停止したまま見ていた。

「ええっ」

それが、きれいになくなっている。盗まれたことにようやく思い至って、店主は大声をあげた。大声を出しながらも現実感がなかった。それから、不気味さ気味悪さが少しずつ身体を包んでいった。そのうち何ともいえないイヤーな気持ちがしてきた。手も震えている。

どういうこと、どういうこと、と堂々めぐりの思考から落ち着くまでしばらくかかった。それからようやく、一一〇番に電話しなければ、と思い至った。

「あの、どろぼうが、泥棒が……」

電話に出た女性は店主の上ずった話し方に、落ち着かせようと、ゆっくりとした声で、

「慌てないで大丈夫ですよ、落ち着いてください、すぐ行きますから」

となだめるようにいった。

それからほどなく、店の前にオートバイが止まり、近くの交番から若いお巡りさんと中年のお巡りさんが現われた。

状況の説明を求められたが、店主の話はなかなか要領をえない。中年のお巡りさんが、脇の入口のドアはどうなっていたのか、店内に入ったときの違和感は、などと時系列的に順々に辿って店主が慌てないようにと、ゆっくりと質問した。ようやく店主も落ち着いてきた。

そういえばドアノブを回すときに違和感があった。コショウの瓶が落ちていたのが、不思議だった。換気扇が回らなかった……

順を追ううちに、店主は朝からの違和感の原因に気づかされた。

「どうも最初は換気扇から入ろうとしたようですねえ。足跡もあるし、枠を捻じ曲げそれが無理だったから、危険を冒してまで明るいビルの通路のドアに回ったようだ。住人だってビルに出入りするし、道路からだって丸見えなのに大した度胸だ。鍵の周辺が擦れたりしているから、何度かガチャガチャとやったんだろう。その割に周りに傷が少ないから、これはプロかなあ。でもプロにしてはなあ……。あるいは事前に下調べに来ているかもしれませんね」

中年のお巡りさんがビルの外回りを調べてきたようで、そう説明した。下調べ、というお巡りさんの言葉に、店主はまたぞっと身震いした。

「被害金額は分かりますか」

若いお巡りさんが調書に目を落としながら質問した。

「……」

店主はちょっと躊躇った。というのは、売り上げは伝票を計算すれば分かるから、缶カラにはいつもわずかしか入れて置かず、しっかりとは数えていなかったのだった。

「えーっと、ちょっと……、あのー、バラ銭だけだから数千円……」

店主はその額の少なさに恥ずかしさを覚えつつ、曖昧に答えた。

「少しでもあったからよかったんですよ。金目のものがまったくないと、かえって怖いんですよ。冷蔵庫に自分の出したものを入れておいたりする例もあるくらいで、嫌がらせをする奴もいますからね」

お巡りさんは一通りのことを書き留めると、当分パトロールしますから、と店主を安心させるような言葉がけをしてくれた。通りすがりの人が、警察のオートバイが二台も止まっているので、ガラスドア越しに覗いている。常連客ではなかった。常連客なら飛んで行ってこの出来事をしゃべりたかった。吐き出せば落ち着くかもしれない。

お巡りさんが朱肉と白い紙を出した。指紋を採るのだという。一本一本指をひねりながら朱肉をたっぷりとつけさせられ、まるで犯人のように十本の指の指紋を採取された。何で被害者の店主の指紋を取るのか分からなかったが、いわれるままに人生初めての指紋押捺をした。

店主はすっかり疲れてしまった。お巡りさんがいうように、泥棒が事前に店の様子を見に来ていたかもしれないと思うとなおさら怖かった。また泥棒が何食わぬ顔して、コーヒーを飲んでいたかもしれないし、店主の方も、いらっしゃいませ、などと愛嬌を振りまいていたかもしれない。そう思うとますます気味が悪い。

店主は、ここ数日の新しい客の顔を思い浮かべようとしたが、いかがわしい客など思い浮かばない。次に常連客のあれこれを思い浮かべたが、失礼な気がしてすぐに止めた。

まず不動産屋に電話しなくちゃ、と思った。そうすればオーナーにも連絡が行くだろう。次に何をしたらよいのか、店主はまだ落ち着かない気持ちのまま、お巡りさんの帰った店内であれこれと思案をめぐらせたが、思いつかない。

店主は少し落ち着いてから不動産屋に電話した。不動産屋は鍵を替えましょうといってくれた。それから店主はシャッターに、急用のため臨時休業いたします、と張り紙をし、そそくさと店を閉めた。泥棒が何食わぬ顔で客になって来ないとも限らない。そんなことを考えると、とても営業する気にはならなかった。店主が定休日以外で店を閉めたのは、これが初めてであった。

自宅に戻って一息ついていると、一連のことが思い出されて来る。すると、まだうっすらと赤い色がついている両手の指に目が留まった。べったりと朱肉をつけて、お巡りさんによって一本一本の指をぐるりと捻って白い紙に押し付けられた感触がよみがえって来た。

たしか、お巡りさんが店内をよく見て回ったのは、ドアノブの鍵の穴とカウンター内の調理台回りと換気扇、会計をするところにある缶カラ回りだった。いつお巡りさんはドアの指紋や缶カラからの指紋を取ったのか、店主は思い出せなかった。動転していたから気がつかなかったのかもしれない。店主が指紋を取られたのは、加害者と被害者の区別をつけるためなのだろうか。缶カラは店主以外が手に触れることはないから、確実に犯人の指紋が出るだろう。店主はいわれるままに出された白い紙に指を押し付けたのであったが、あの感覚は自分の方が犯罪者のような気がして、あまり気持ちのよいものではなかった。だが、考えてみれば店主一人の店なのだから、閉店間際に押し込み強盗が入って来ることだって、大いにありうることだった。それに比べれば、不幸中の幸いだったのかもしれない。店を始めるとき、ミカジメ料を取ろうとある種の人たちが来ることがあるが、一度応じたら蛭のように離れないから絶対に関わってはいけない、とはいわれたことがあった。しかし強盗が入った場合は、などというアドバイスはさすがになかった。他にすることがないからそんなことばかり考えている。かえって店を開けて常連客と話をしていた方が気がまぎれたかもしれなかった。

翌日、普段無意識に回していたドアを開けるときには緊張した。隅の方に誰かが身を潜めているのではないか、と暗い店内に電気をつけるのもこわごわだった。幸いどこにも異常は見られなかったが、薄気味悪さは残った。

臨時休業の張り紙を外し、シャッターを押し上げて店の前を掃除していると、隣のブティックの甲斐さんが、

「昨日はお巡りさんが来ていたでしょう」

と声をかけて来た。

「泥棒に入られて……。気味が悪いから休んだんですよ」

「そうだったのね。何があったのかと稲村さんや石塚さんが心配し、聞きに来たのよ」

甲斐さんは驚きながら、矢継ぎ早に質問してきた。店主も問われるままに昨日の顚末を話した。甲斐さんの店も同じ構造だし、やっぱり女一人でやっているから恐怖心は同じなのだろう。

「それって、もしかしてお店に来るお客じゃないの？」

一通り聞いた後、甲斐さんは店主の顔を覗き込むようにしていった。途端に店主の身体がゾクッとした。一番想像したくないケースであった。話しているうちにまた、気味悪さが募って来た。それでも誰かに話したことで少し恐怖感のガス抜きができた気がした。

店主は店内に戻った。そこに酒屋の石塚さんがやって来た。

「どうしたんだい、昨日は。店の前を通ったら張り紙がしてあるじゃないか、雪が降ろうが槍が降ろうがシャッターを開ける人が、臨時休業するなんて、鬼の攪乱かい」

相変わらず軽口を叩きながらも、心配してくれていることが分かった。

店主はコーヒーを淹れながら、甲斐さんに話したように泥棒に入られた顚末を話した。

「それは大変だったね。でも大したことなくてよかったよ」

普段はからかい口調の石塚さんが、さすがにこの日は真面目に心配した。

その日は、いままでにない臨時休業の札に驚いた常連客たちが心配して次々とやって来た。店主は何度も同じことを繰り返し話しているうちに、恐怖心より身振り手振りの話が大げさになっていく自分がおかしかった。客の方も、怪我もなく、被害も大してなかったことから店主への同情より、茶化したり揚げ足を取ったりの言葉の方が多くなってきた。

それもいたわりの一つであろう。カウンターの店主の前の席は加藤さん、一ノ瀬さん、稲村さんなどの常連たちが陣取って、店には始終笑いが起こったし、店主も自分自身をこけにしているうちに、恐怖心もどこかに吹き飛び、いつも通りの店の雰囲気になった。

午後、めずらしく家主の小早川さんがやって来た。

「福井さん、大変でしたね」

小早川さんがカウンターの中の店主にケーキの箱を差し出した。

「まあ」

店主は驚いた。

「でも大したことなくてよかった。鍵の方は不動産屋に話してありますから、すぐに取り替えます」

そういって小早川さんはテーブル席に坐ってコーヒーを注文した。それから、

「福井さんの店が繁盛しているからですよ」

と付け加えた。初めて不動産屋で会ったときに、商売の戒めをアドバイスしてくれた家主にそういわれて恐縮した。

三時頃、年配の女性が二人入って来て、カウンターの中ほどに坐った。初めての客だった。コーヒーを出したあと、店主はシンクの中のカップを洗いながら、常連たちと泥棒話の続きをしていた。新しい客はそれを聞いているようだった。店主も新しい客にも分かるような話し方をしていた。すると七十後半のその女性が、

「ママはまだ若いから、怖かったでしょう」

とタバコの吸い過ぎなのか、ハスキーな声で話しかけて来た。一緒に来ていた少し若い方の女性が、

「ママ、若いママにあの話をしてあげたら」

と笑いながらけしかけた。

ハスキー・ママは、駅近くのビルの地下一階で四十年近くバーを経営していたという。

あるとき、客がみんな帰ったあとの店に見知らぬ男が入って来て、金を出せ、とカウンターの中にいる彼女にナイフを向けたそうだ。そのとき彼女は、あんたに殺されるのは仕方がない、だけど、死んだあと警察が私の身体を解剖するだろう、そのとき胃の中に何も入っていなかったら、食べるものもないほど落ちぶれた店だと思われる。こんな恥ずかしくみっともないことはない。だから私はいまこれからお茶漬けを食べておく。食べ終わったら殺すなり金を奪うなり好きにしてくれ、と強盗に背を向けてお茶漬けの準備を始めたそうだ。すると、強盗は、恐れ入りました、とドアから出て行った、というのだった。

ハスキー・ママが話している間、隣の女性は何度聞いてもおかしいというように、頷きながらクックッと笑っている。店主も、常連の女性たちもその話に引き込まれ、笑うどころかその度胸に感心した。ハスキー・ママは決して誇張しているわけではなさそうだった。何と肝の坐った女性かと、店主は自分の小心、臆病さを顧みながら思った。

「ママ、いろんなことがあるけど、大丈夫よ、だって仕事が楽しいでしょ」

そういって、ハスキー・ママは二人分のコーヒー代を払い、お釣りを受け取らなかった。

「いろいろな面で、大きい人だわ」

店主はしみじみと、誰にいうともなしにいった。

「まだまだひよっこだから仕方ないわよ、あなたも年季が入れば大丈夫よ」

と一ノ瀬さんが慰めてくれた。

そのときドアベルが鳴り、店主は会話の流れの笑った顔のまま入口の方を見て、いらっしゃいませぇ、と尻上がりの声を出した。

初顔の中年の男性客だった。彼はカウンターの端の席に坐った。店主が注文を聞きにいくと、ホットコーヒー、と店主の顔も見ないでいった。

常連たちは、店主が新しい客にコーヒーを出し終えてサイフォン台に戻ると、再び先ほどの会話を蒸し返し、冷やかし笑った。店主も客も大いに笑い合った。ああ、長居をしてしまった、と女性たちは一斉に帰り、客は新しい客だけになった。

新しい客は相変わらず静かだった。店主は、

「うるさくして、すみませんね」

と声をかけた。男はそれに応えなかった。新聞を読んでいるわけでもなく、ただカウンターに向かっているだけだった。彼の坐っているカウンターの向こう側は、店主が行き来する空間と食器棚があるばかりだ。

気難しい客なのだろう。そっとして置こうと店主はシンクの中のカップ類を洗い始めた。

しばらくして、男はカウンターの上にコーヒー代金を小銭で置き、無表情のまま、

「置いておくよ」

と低い声でいって、出て行った。

「ありがとうございました」

客は振り返りもせずにドアの外に消えた。店主はカウンターに置かれた小銭を缶カラに入れた。チャランと音がした。突然、店主はお巡りさんの、事前に下調べに来ていたかもしれない、といった言葉を思い出した。犯人は一度現場に戻る、と刑事もののドラマのセリフが浮かんだ。えっ……、店主はいま帰って行った客の顔を思い出そうとしたが、はっきりしなかった。

――イヤイヤ、そんなことは――

店主は首を振った。そしてハスキー・ママの肝の坐った対応を思い出した。

――まだたったの五年だ、いや、もう五年もやっている――

店主は自分の小心さを振り払うように客のいなくなった店内を見渡し、それから外に出た。乾いて白くなっている店の前の道路に、客が入りやすいように水打ちをした。街路樹の葉陰と水を打って黒くなった道路を眺めていると、新しい二人連れの客が来た。

「いらっしゃいませ」

店主は軽く会釈をしてドアを開けて招じ入れた。

三という数字

もうすぐ開店五周年ということが、カウンター上では話題になっていた。

一週間前からカウンターの上にはお祝いの花束が、店頭にはランの鉢植えが置いてあって、店には華やぎがあった。

見ず知らずの土地で始めた商売が、五年の間にこんなに多くの人からお祝いしてもらえるようになった。店主は照れ臭くもあり、感激でもあり、恐縮でもあった。

何度か来店していたが、まだ名前を知る機会のなかった中年の男性が、

「五周年、おめでとう」

と店主に大きな箱を差し出した。

「えっ」

店主は戸惑いながら、その箱を受け取った。それは駅のショッピングセンターに入っている名前の知られた洋菓子店のものだった。

カウンター席にいた常連の女性たちは、好奇心と胡散臭そうな感情の混じった顔とで、その男性の様子を窺い見ていた。彼は少し照れているようだったので、店主は室崎さんの隣一つ空けたカウンターの一番奥の席を勧め、サイフォンでコーヒーを淹れ始めた。

彼はお湯がフラスコから昇っていくのを見ながら、

「……設計事務所をやっていたんですがね。五年持たなくて倒産したんです」

といった。

店主はつい、まあ、と小さく声を出した。彼は、ええ、まあね、と頷き、「……だから、この店が五周年を迎えると聞いて、がんばれ、とうれしくなって、エールを送ろうと……」

と静かな低い声でいった。

喫茶店を始めてみると、お客さんから色んなものをいただくことが多かった。名前の知られている疲労回復の栄養ドリンクをくれた男性がいた。肩や腰の疲れをほぐす小型マッサージ器をくれた男性もいた。また真珠のネックレスをくれた人もいた。受け取らなかったら、帰り際にカウンターに置いていった。最初は戸惑いもあったが、いただいたからといって特別な接客はしない、と自分に戒めていた。下心のある人は、特別扱いされないことで、おのずから遠ざかっていく。そんなことも分かって来た五年間でもあった。

男性の話を聞いて、店主は商売を始めるときの気負いと悲壮感とが思い出されて、居ずまいを正す思いになった。こんな場所で開店したって、三年持てばいいほうだ、という声さえ聞こえていたからだった。

いただいた包みをほどくと、中には大きなデコレーションケーキが入っていて、真ん中に五周年おめでとう、とチョコレートのプレートがあった。

店主は子どもの頃誕生日にケーキを買ってもらったことがなかったから、その感激はひとしおだった。しばらく手に持ったまま、その飾りつけを見とれていた。

「ユキちゃん、それ全部自分で食べるの？」

「そんなことしたら、ユキコさんますますデブになって、カウンターに入れなくなるわよ」

カウンター席にいた常連たちが口ぐちに冷やかし始めた。男性はそれを黙って聞いている。

「みんなで食べていいですか」

店主はその男性に聞いた。

「もちろん、あげたのだからママが好きにすれば」

「ワァォ」

また女性たちから声が上がった。

店主は客の人数を数え始めた。

「あ、僕の分はいいからね、甘いものが苦手なんだ」

と男性はいった。

店主はその場で切り分け、男性を除いてカウンターの女性客三人と、入口近くの若いカップルに配り、自分用を少し多く取り残した。

ケーキを食べ始めるとまた女性たちはにぎやかに元気に、彼に名前などをあれこれと質問し始めた。彼は店主に名刺をくれた。

「船田さん、ですって」

店主は女性たちに聞こえるように名前をいった。

「船田さんって、市内に住んでいるのですか」

「お仕事は？」

「独り者ですか」

たちまち彼を名前で呼んで、気を悪くするのではないかと店主がハラハラするくらいにズバズバと質問をした。

「おおっ、女性は怖いなあ」

男性も砕けた言い方で応じたので、

「だって、こんな大きなケーキ、奥さんにも買ってあげたことあるのかなあ」

「うちの旦那は、まったく私の誕生日なんて気づきもしないわ」

「あなたのところは、毎回レストランの予約してくれているでしょ」

女性たちの会話は途切れることがない。

船田さんは何度か来店していたが、このような溢れる女性たちの会話に巻き込まれたことはなかった。

「いや、まいった、まいった。怖いからもう帰るよ」

「船田さん、ごちそうさま、またね」

かまびすしい声に送られて、船田さんは笑いながら、ごゆっくり、と女性たちに声をかけて出口に向かった。若いカップルも、何か一言いって軽く頭を下げていた。

「背広もラフな感じだし、ぴちっとした背広姿のサラリーマンタイプとは違うわね」

「そうね、ネクタイもしていないし、ワイシャツもグレーだったり、結構オシャレね」

船田さんがいなくなると、女性たちはそれぞれの印象をいい合った。ケーキのご相伴にあずかったからばかりではなく、彼の雰囲気も女性たちによい印象をあたえたようだった。

次回からはカウンターの女性たちと彼との垣根が取れていた。船田さんは決しておしゃべりというのではなかったが、女性たちに話しかけられれば気さくに応じていた。

船田さんの名刺には、建築関係の会社の名前が載っていた。たぶん営業だから市内を車で移動しているうちにこの店を見つけたに違いない。

それからはまれに仕事関係の人と来ることもあったが、だいたいひとりで来てカウンターの隅で静かにスポーツ新聞を読んでいた。

それでも客がいないときには自分のことを話すこともあった。設計事務所を倒産させて親戚や友人たちに借金をして迷惑をかけたために、その土地にいられなくなった、などと話した。このY市に来てもう十年になるという。

船田さんは店に置いてあるスポーツ新聞を持ってカウンターに坐る。誰かが話しかければ新聞から目を上げて応じる。そして二、三十分ほどして帰って行く。店の客としてはよい客であった。そんなふうにして、船田さんは店の常連としてカウンター席でのポジションを得て、ゆっくりと店にも馴染んでいった。

船田さんが店の常連となって、三、四年も経っていた。船田さんも店主をユキさんと呼ぶようになっていたし、店主の方も船田さんに気を遣って会話を選ぶ必要もなく、気楽な会話ができる間柄であった。

ある日、船田さんがいつものように、入口に置いてあるスポーツ新聞を手にカウンター席に坐った。店主は、いらっしゃい、という。彼は黙って坐る。店主は注文も聞かずにブレンドコーヒーを淹れ始める。ミルク、シュガーなし。いつものことであった。

カウンターには室崎さんがいた。専業主婦の彼女は、夕食の買い物の帰りであった。

「船田さんて、例えば今日の夕食は何が食べたい？」

「オレ？　うーん、何でもいいよ」

「男ってどうして何が食べたいってはっきりといわないんだろう。作る方としたら毎日毎日献立を考えなくちゃならないんだから、いい加減イヤになるわよ、ねえ」

室崎さんは笑いながら、やっぱり男って同じね、という顔をした。女性たちが集まると、今日は何作るの、と情報交換しあう。三食を作る女性たちの大変さは、なかなか男たちには分からないのだろう。

「そういう点、ユキさんはいいわねえ」

そういって、室崎さんは、さあて主婦業に戻らなくっちゃ、と腰を上げた。

確かに店主は自分の食事で悩まされることは滅多になかった。というのは、朝食は店でモーニングサービスを出しているから、それと似たものを自分の朝食としている。昼食もお客さんからいただくことも多かったし、簡単なものを作った。夕食は市内に住む姉がランチジャーに入れて毎日お弁当を届けてくれる。開店以来のことだ。そしてそれは常連たちの間で周知のことであった。

店主の前のカウンターには船田さんだけになった。店内には入口近くに若者が一人、一つ席を空けて、まだ常連とまではいかない女性が週刊誌を読んでいた。

再び新聞に目を落としていた船田さんが、新聞から目をあげ、なぜか店主の動きを目で追っているような感じであった。

「どうしたのですか、野球のない日だから新聞も面白くないのではないですか」

洗い物もなくなったので、店主は自分のコーヒーを淹れ、カウンターの中の丸椅子に坐って彼を冷やかした。

「うん、まあな……。ママ、あのさあ……」

船田さんはなんとなくいい渋っているようであった。いつもはユキさんといっていたから、店主は少しいつもと違う感じを受けた。そこで、彼の呼びかけに身を入れて聞こうと思って、飲みかけていたコーヒーのカップを台の上に置いて、丸椅子から立ちあがった。すると彼は上着のポケットから紙を出し、店主の方に差し出した。

「なんですか」

瞬間的にその紙を受け取って、店主はいった。船田さんは黙ったままであった。店主は二つ折りにした紙を広げた。

「友人が交通事故を起こしたため三十万貸してほしい。六月末には必ず返します」と几帳面な文字で書かれていた。店主は意味が分からず、その紙を手にして字面を見ていた。

「実はさ、友だちが交通事故を起こしちゃって。それでちょっと都合してあげたいんだけど……」

船田さんは案外明るい声でいったのだったが、店主にはまだよく飲み込めなかった。

「俺はちょうど持ち合わせがなくてさ。いや、俺が保証人になるから」

彼は貸してくれという言葉はいわないが、貸してくれということだった。店主はやっぱりすぐには言葉が出なかった。

「ううーん……。ちょっと考えさせてください」

何年来の知り合いであったし、いままで彼の行動に不信を持ったことも迷惑をかけられたこともなかったが即答できなかった。三十万は大きな金額であった。店主の煮え切らな

い態度に、

「じゃあ、ママ、考えておいてくれよ、な」

と軽い口調でいうと、帰っていった。

店主が商売を始めてもう何年にもなるが、その間何度か客や知り合いに金を貸してと頼まれたことがあった。一人は近所のドラッグストアに勤める三十代の店員だった。毎日昼休みに来ていた。ママ、悪いけど三万貸してくれないかなあ、月末の給料日に返すから、といった。喫茶店を開業した店主にとって初めての経験だったから、一瞬ためらった。毎日来てくれる客である。そして初めての頼まれごとだった。それで三万円を貸した。彼は約束通り月末に返してくれた。だがその後何度か同じことがあって、店主は、もうこれっきりお金は貸せないわ、と断った。その彼は結局会社を辞めていった。彼が店に姿を見せなくなった後、常連のIさんも貸していたと打ち明けられたが、店主はまったく気付かなかった。

別の一人は変な男だった。いつも野菜や肉などの食料品が入っているスーパーの袋を下げていた。週に二、三回入り口近くのカウンターに坐って週刊誌を読んで帰っていく。名前も知らなかったその男が、あるとき帰り際に、ママ、悪いけど三千円貸してくれないかな、ちょっと買い物しすぎちゃってさ、と軽い口調でいった。店主は一瞬ためらったが、よく来てくれる客であったし、三千円くらいならと貸した。男は店主から受け取ったその三千円の中から目の前でコーヒー代を払って、今度返すからね、と帰っていった。男は次のときもいつものように買い物袋を下げてやって来て、帰り際に、借りたお金、といって千円だけ返した。あとはこの次ね、と悪びれた様子がない。まるで金など借りていないかのように帰り際にコーヒー代を払って帰っていく。最終的には全部返してくれたのだが、その後も買い物をし過ぎたから、という同じ理由で同じ金額三千円貸してくれといった。貸した全額を取り戻した三度目に、店主は、もうお金の貸し借りはこれっきりにしましょう、といった。男はそれきり来なくなった。その他に、その他に、と店主は頭の中で数え上げた。

三千円男が来なくなってから、酒屋の石塚さんに話すと、からかわれているんだよ、そいつはママに惚れていたんじゃないか、と面白がられたものだった。それでも店主には後味が悪かった。

不思議なことにどの人も金を貸してと頼む金額は三千円男は別にして、三万円という金額だった。二万円とも五万ともいわない。そして同じように、返してまた借りる。これは店主に借金を申し込んだ人に共通した傾向だった。五万ならそう簡単には出せない。三万というのは、おそらく借りる側の経験値かもしれない。いや店主の懐具合や人間的度量の小ささを見透かされて算出された金額であったかもしれない。

金の貸し借りは貸した側の方に負の心理を生じさせるのではないか、と店主は思う。借りた相手に負い目を感じさせてはいけない、などと店主の方が気を揉んだりする。コーヒーのお代わりをしたりすると、そんなにお金を使わなくてもよいのに、などと相手の懐具合が気になる。だが借りた方の態度は卑屈でも申し訳ないと思っているわけでもなく、借りたことすらなかったように、まったく変わらないのだ。そして催促されてあるいは自分から返済した段階で、ほとんどの関係性は終わるような気がする。

店主はそんなことをあれこれ考えながら、船田さんの借金の申し込みにどう対応したらよいか、一晩考えた。三十万は貸すにはあまりにも大きな金額であった。

翌日の午後、開店以来のお客さんの生沢さんがやって来た。彼は謹厳実直な人で、ちょっと店主の接客などに緩みがあると、後日、客がいないときに指摘される。陰で大久保彦左衛門などといわれている。店主としては緊張して応対する客であったが、彼のいうことには筋が通っているし、信頼できる人とも思っていた。だから、

「生沢さん、ちょっとご相談したいことがあるのですが」

と誰も店内に客のいないときを見計らって、言葉を選び緊張しながら、船田さんに金を貸してくれといわれたがどうしたものかと悩んでいる、と切り出した。生沢さんはしばらく考えているようだったが、

「君、それはやめた方がよいよ。金の貸し借りは人間関係を壊すし、貸して問題が解決、ということにはまずならない。毅然と断りなさい」

と父親のようにいい切った。確かに店主は自分がはっきりとした物言いをする質であったわりに、毅然とした態度が取れない性格でもあると自覚していた。そこを生沢さんは見ぬいていた。

「そうですね、ありがとうございます」

店主は生沢さんの言葉ですっきりとして、肩の力も抜けた。

「でもねえ、君も甘いね。友だちの事故処理費用をなんで君に頼むんだ。そもそもそこからおかしいじゃないか。君はまだ商売人じゃないよ、そんなことで動揺するのだから」

と優しい口調ではなく、まったく情けない、といったふうであった。店主は身体を固くして、だが、素直に頷いた。

何日かした後、船田さんがやってきてカウンター席に坐った。店主は彼がドアを開けたそのときから緊張していた。そして彼のコーヒーを淹れている間、どのように話を切り出そうかと思っていた。彼は借金の話をしたことはおくびにも出さないで、いつものようにスポーツ新聞を広げていた。

コーヒーを彼の前に出してから、

「船田さん、やはりお金は用立てできません。ごめんなさい」

どちらかというと、おどおどとした言い方になってしまった。

「あ、そう、いや、いいんだ、いいんだ」

そのことなどまったく問題にしていないといったふうに、彼は広げていたスポーツ新聞をめくった。

店主はホッとして気が抜けた。そのあと客が入って来て、船田さんとの会話もそれきりになった。船田さんは、いつものように帰っていった。

もう来なくなるのだろう、と店主は思っていた。しかし、船田さんはそれからも変わらぬ態度で店に来た。店主はそれが不思議だったが、自分も何事もなかったかのように接した。

何日かして生沢さんに、借金の申し出は断った、と伝えた。

「そうか、君にしてはよくやったね」

生沢さんはそういって経済新聞を読み始めた。

店主はお礼にコーヒーをサービスしようかと思ったが、そんなことしたらかえって生沢さんに叱られそうな気がして、やめた。

外装工事

店主が第一ミーアビルの一階を借りて喫茶店を始めて、かれこれ六年になる。店主の喫茶店の隣のブティックは、店主が開店するずっと以前から営業している。ビル真ん中の通路奥には整体院が入居していた。

正月気分も終わった頃、このビルを管理している不動産屋から、ビルの外壁塗装工事をすることになった、と電話が入った。ビルのオーナーからの依頼だとのことだった。

外観がきれいになるのは商売上でも結構なことだが、一か月以上も足場を組んだりネットを張ったりで、客に不便をかけることになるなあ、などと考えながら店主が店の前でビルを見上げていると、ブティックの甲斐さんが出て来て、

「家主の小早川さんってすっごく几帳面な方だから、もうそろそろやらなくちゃって考えたのでしょうね、でも結構長い期間がかかるからこっちとしては大変なのよねえ」

と話しかけてきた。

ビル正面はブティックも喫茶店も小綺麗に作ってあるから気にはならなかったが、いわれて見れば脇の壁などには稲妻のような線条痕が幾筋もある。雨で滴った錆の跡が茶色に流れていて、汚らしいことは確かだ。

「確かにお化粧直ししてもいい時期ね」

「でも本当に鬱陶しくなるわよー。ぜーんぶ幕というかネットのような物で張りめぐらされるのだから」

「じゃあ、お客さんはちょっと来づらくなるかもしれませんね」

客足のことは気になるが、店子がどうこういえるものでもない。明るくてきれいな外観に生まれ変わる方がいいかもしれない、二人でそんなことを話して店内に入った。

工事の通知が来てからしばらくして、不動産屋が請負会社の四十代くらいの社員を伴って打ち合わせのために店に来た。彼らはカウンターの一番入口近くに並んで坐った。彼が工事の責任者なのだろうか。不動産屋に丁寧な言葉遣いで話していた。それから、立ち上がって奥にいる店主の方に寄って来ると、

「しばらくご迷惑をおかけいたしますが、よろしくお願いいたします」

と腰を低くして名刺を出した。そこそこ名前のしれた会社であった。

オーナーから管理を任されている不動産屋へ、それから工事一括を請負った会社へと仕事が降りていく。そこからさらに足場組み、洗浄、塗装と、職種別の業者が手配され、それぞれの親方の下にようやく実際に働く一人一人の職人がいるということになる。下請け、孫請け、曾孫請けというのはこういうことをいうのだろう、などと店主は彼らを見ながら思っていた。

各業種が一堂に集まることはないが、工事関係者が店に出入りし、その都度コーヒーやサンドイッチを注文するので、それなりに店は忙しかった。

ようやく工事が具体的に動き始めたのは、一か月以上経った三月に入ってからだった。

一番初めに作業する足場組みの親方が、熨斗紙にくるんだタオルを持って、明日から作業に入りますのでご面倒をおかけします、と店主に挨拶に来た。見るからに人のよさそうな初老の男性で、気を遣ってかコーヒーを注文し、せかせかと飲んで帰って行った。

その翌朝の八時前、店主が店に来たときには二人の若い職人が店前のガードレールに腰をかけて、タバコを吸いながら親方が来るのを待っていた。彼らは二十代前半だろうか。一人は紫色の、もう一人はカーキ色のだぶだぶのニッカポッカをはいていた。一人の若者は茶髪が逆立っているし、ピアスもしている。もう一人は長髪を後ろで結わえていた。見るからに現代っ子だが、店主を見ると、

「おはようございっす」

と言葉は軽いが、明るい元気な声で挨拶した。もう一人も、

「……ッス」

とほとんど言葉にならない言葉を吐いたが、笑顔だ。

「朝早くから、ご苦労様です」

店主は彼らに軽く挨拶して、ビルの真ん中の通路にあるドアの鍵を開けて店に入った。

仕込みを終え、店内の掃除をして九時にシャッターを開けると、店舗前にはトラックが止まっていて、昨日挨拶に来た親方と中年の職人が若者を指図しながら足場を組むための鉄パイプをトラックから降ろしていた。親方が店主の顔を見ると、迷惑をおかけします、と

笑顔で頭を下げた。茶髪も長髪ももうヘルメットをかぶっている。ヘルメットの脇から茶髪や黒髪のしっぽがはみ出しているが、なかなかの職人面に見える。

トラックの荷台からパイプを手渡す者、受け取る者、それをビルの脇の自転車置き場に運び込む者、と手際がいい。親方は全体を見ていて、ときどき、バカヤロー、それじゃあ崩れるじゃねーか、などと若者を叱ったりしているが、その怒鳴り声すら小気味いいくらいだ。茶髪の若者は素直に親方の指示に従っている。

そうじゃねーよ、こっちの方から、と中年の男が長髪の若者をどやしつけた。若者は、すいませんっ、と、まったく気にしていないように、軽く反応していた。若者たちと大人たちは、言葉は荒いが聞いている店主には嫌な感じはしなかった。かえって若者の反応に、店主は笑みがこぼれたほどだった。彼らは無駄口を叩かずに、てきぱきと仕事をこなしている。格好いいとさえ思える。人は外見ではない、と店主は感心した。

外壁を塗るペンキ代より足場を組む金額の方が高いと店主はどこかで聞いたことがある。五階の高さだから危険も伴うであろう。鉄パイプと渡し板の量も半端じゃない。三月でまだ肌寒いのだが、若者たちの長袖シャツの背中には汗がにじみ出ていた。

ドアを閉めても鉄パイプがぶつかり合う音が、結構店内にも入って来た。

翌日も若者たちはガードレールに腰かけトラックが来るのをタバコを吸いながら待っていた。

鉄パイプは一段一段と組み上がっていった。若い職人もきびきびと働いていた。この分なら予定通りに終わるだろうと思っていた。

ある日の朝、店主が自転車で店の前にやって来ると、いつもはガードレールに腰かけている茶髪たちの姿が見えない。若い職人どころかトラックも親方も来ない。午後から来るのかと思っていると、結局この日は誰も来なかった。日曜日以外は仕事に来ていたから、店主は不思議に思いながらも、いつも通りに店を開けた。

翌日手動シャッターを押し上げていると、ブティックの甲斐さんもちょうど出て来たところだった。手には箒を持っている。

「おはようございます。今日も職人さんたち、来ないんでしょうかねえ」

と店主に話しかけてきた。

「まだ半分もできていないでしょう。どうしたのかしらね」

甲斐さんがビルを仰ぎ見るようにしていった。店主も一緒に仰ぎ見た。

「この前親方が茶髪の子を怒っていたからねえ。いまの子ってむずかしいでしょう」

と甲斐さんはいった。

「でもだからといって、彼らは一つも不貞腐れたりしていなかったですよねえ」

店主も親方に怒られている若者たちを見ていたから、それが理由で彼らが職場放棄するようには思えなかった。

店の正面入口を除いて足場の横板と鉄パイプが鉄格子のように中途半端に組まれているから、見るからに鬱陶しい。早く終わってくれないと困るが、いったいいつになったら作業が再開するのか、と店主はやきもきした。

昼になっても誰も来なかった。一生懸命働いていたけどなあ、などと店主は茶髪と黒髪のしっぽのことを思い浮かべたりした。

それが三日もストップしたままであったから、さすがにおかしいと思えた。常連客にも、いつ終わるのか、と聞かれてもいたので不動産屋に電話しようかと思ったが、余計なことだとそのままにしていた。

ようやく親方が新しい職人を連れてやって来たのは一週間近く経ってからだった。前からいた中年の職人と新しい職人が二人いた。一人は二十代後半の青年。彼は茶髪若者と違って頭髪は角刈りで、なかなかイケメンのきりっとした青年だった。それにもう一人、二十代前半くらいのアジア系の若者だった。いや彼の国の人は若く見えるから、もっと年齢が高いのかもしれない。

どういう事情があったのか店主には分からないが、これでまた作業が進められるだろう。この前の親方が、

「ご迷惑をおかけしまして」

とバツの悪そうな顔をして挨拶に来たが、遅れた説明はなかった。

「とんでもありません。あの若い方はフィリピンの方ですか」

「ええ、フィリピンです。なかなか真面目な奴です」

親方はそういって顔をほころばせた。

しかし、順調にいくかと思うと雨で仕事ができない、などの理由で仕事が中断したりしてなかなかはかどらなかった。仕事が中断するとフィリピン人職人は「カネにならない」らしい。それでも日がたつうちに足場は着実に上に伸びていった。

職人たちは八時に来て十時と三時にはピタッと休憩をとり、十二時になると昼食をとった。親方は工事で店に迷惑をかけているという考えからか、ときどき三時の休憩時間になるとコーヒーを飲みに来たりしていた。

日本人の職人はトラックの助手席で弁当を食べ、そのあとはフロントガラスの前に足をのせて昼寝をしているようだった。フィリピン人は街路樹の木陰に腰を下ろして一人で何かを食べていた。まだ日本語が上手ではないらしく、はい、という以外あまり会話をしている姿は見なかった。それでも、大人しく優しい目つきで、店主が外に出て行ったときなど、はにかんだような笑顔を見せた。

ある日の昼食時に親方が入って来て、二人掛けテーブル席に坐り、

「昨日から女房が出かけていてね」

と少し照れた顔をしながらミックスサンドとサラダを注文した。親方はサンドイッチを

食べ終えると、

「ママ、ハムサンドとコーヒーお代わりね」

といった。力仕事の職人がいくら二人分とはいえサンドイッチで腹を満たせるわけがない。たぶん店主に気を遣ってのことだろう。

親方が二皿目の昼食、ハムサンドを頬張っているところに、フィリピン人がそっとドアを開けて、店主の前近くまでやって来た。

「おう、どうした」

テーブル席の親方は片手をあげてフィリピン人に声をかけた。フィリピン人はニコッと控えめに笑い、それから店主を見て、カップメンを突き出して何かいった。たどたどしい日本語だったので、店主はすぐには理解できなかった。店主は、なんでしょうか、といった表情でフィリピン人を見た。彼はうるんだような漆黒の眼で、カップメンを差し出し、

「ホット、ホット」

と一生懸命何かを伝えようとしていた。

「ねえ、お湯を入れて、といっているんじゃないの」

カウンター席にいた加藤さんが店主にいった。どうやらカップの中にお湯を入れてくれ、ということのようだと店主も理解した。カウンター席のちょうどフィリピン人の前にいた男性客が、怪訝そうに彼を振り返って見たりした。

店主は彼からカップメンを受け取った。テーブル席に坐っていた親方が、

「なんだ、ラーメンか？」

とフィリピン人に声をかけた。フィリピン人は声を出さずに笑った。

店主はカップにお湯を注いでやった。フィリピン人の若者は、

「アリガトウ、アリガトウ」

とカップを両手で抱えて出て行こうとした。

「コーヒーでも飲んで行くか」

と親方が声をかけた。フィリピン人ははにかんだ笑顔で首を振り、出て行った。親方は彼がドアから消えると、再びサンドイッチを口に運んだ。

親方がこの日昼食代に支払う金額は、二千円近い。一方フィリピン人の若者の昼食代はその十分の一にも満たない。エネルギー量でも満腹感でも栄養面でも労働量でも、初老の親方と比較にすらならない。カップメンだけで一日持つのだろうか。たぶんこの親方が特別冷たいわけではないだろうと思いながらも、複雑な気持ちだった。

ガラスドア越しに外を見ると、枝の広がった街路樹の下の地べたに腰を下ろして、フィリピンの若者はカップラーメンを啜っていた。トラックの運転席では先輩日本人が足を延ばして昼寝をしているのだろう。

しっかり昼休みを過ごした親方は、満足したようにお金を支払って現場に戻った。街路

樹の根元に腰を下ろしていたフィリピン人は、親方の姿を見るとゆっくりと立ち上がった。

一時になると職人たちは働き始めた。

ビルのオーナーが不動産屋に工事の指示を出し、ここで不動産屋はマージンを取りながら請負会社に発注するのだろう。請負会社はそのうちから、下請け代金で鳶の親方に仕事を任せ、鳶の親方はさらに一日の日当の計算の上で職人に日当を払う。その日本人職人の補助としてフィリピン人がいる。おそらくフィリピン人に支払う日当は、微々たるものになってしまうのではないだろうか。

次々とバトンリレーのようにお金は、ピラミッドのとんがりから、裾野、底辺へいくにしたがって先細っていく。一握りの頂点と、末端の広い裾野。小さな喫茶店の中で、ほんの一瞬垣間見ただけの冷酷な社会の構図であった。

路上でカップラーメンを啜るフィリピンの若者は、どんなことを考えたり、感じたりしているのだろう。もう少し大きな夢を持って日本に来たのではないだろうか。お湯を入れてあげただけであったが、フィリピン人の姿は、店主にさまざまなことを考えさせた。

しかしまた、日本とフィリピンの貨幣価値のギャップは、たとえ低賃金でも本国よりはましなのかもしれない。しかしまた、現実には職人不足で、外国人労働者がいなければ現場はたち行かない状況であっても、安い労働力ということで、無意識的に人々の中に優越の感情を醸成させせはしないだろうか。顕在的にも潜在的にも、日本の、日本人の優越の立場を意識し、安い外国人労働者を見下すように作用しないだろうか。

ぎくしゃくしながら工事は進んでいった。足場を組み終わり、次に別の職人が来て外壁の洗浄をやり、また別の職人が吹き付け塗装をやり、そうしてどうにか工期を少しだけはみ出してすべて終わった。これから足場を外す作業にまたフィリピン人の若者が来るのだろうか。

第一ミーアビルは化粧直しが終わった。店までもきれいになった気がする。

「やっと終わったね、ついでにママも壁塗りをしてもらえばよかったのになあ」

石塚さんがさっそく冷やかした。

「石塚さんの深い皺はもう修復不可能ね。私はまだ可能だけど」

店主はやり返した。

「だけど、しっかり者の大家だから、更新時にはきっと家賃の値上げをいってくるよ」

と商人である石塚さんはいった。なるほど、秋には店舗の更新だから、そういうこともあるかもしれない。それはそれでまた店主の悩みが増える。

「じゃあ石塚さん、それまでせっせとコーヒー飲みに来てよね」

「はいはい」

そういって石塚さんは帰って行った。

カウンター

初めての客で、店主がコーヒーを淹れているサイフォン台の前のカウンター席に坐るのはたいがい男性だ。女性は滅多に一人で奥の方まで来てカウンターに坐ることはない。だが、何かのきっかけで言葉を交わすようになると、次に来店するときには、サイフォン台の近くのカウンター席に来る。

顔見知りになっても奥のカウンター席には絶対来ない客と、奥の席が空いていないとがっかりする客とが、だいたい店主にも分かってくるようになった。

カウンター席に坐ると、客も店主もまずは天気の話など当たり障りのない会話から始まる。そんなことが何度かあるうちに名前も分かってきて、固有名詞で呼び合う間柄に移っていく。少しずつ身辺が垣間見えるようになる。店主の輪郭も客に見えているだろうし、客の生活環境や人となりも店主に見えてくる。

カウンター席では除幕式のごとく、徐々に客のベールが剥がれていく。もちろん店主のベールも剥がされることになる。しかし、初めから店主の個人的な事柄を質問してきたり、やたらと自分のことを話したがる客は、長い常連客とはならない。だいたいが新しい店新しい店へと浮遊していく。

客が上でも店主が下でもない、対等な関係性であることが、カウンター上での会話を楽しくする重要な要素である。へりくだっても横柄でも、長くは続かない。また客同士の相性、好き嫌いも大きく作用する。この場合は、自分とそりの合わない客がカウンターに坐っているのが道路からガラス扉越しに見えたりすると、また来るね、と店主にこっそり合図して素通りして行くこともある。そこは店主も心得たもので、軽く会釈して了解の合図を小さく送る。客同士の肌合いを感じ取って、カウンター上の交通整理をするのも店主の大きな役目だ。

カウンター上はこのようにして、顔見知りになった客同士が語り合う場となる。隣に坐った初対面の客に共通しそうな話題を振り向け、話が弾んでいくことで、店主が他の客にも目配りすることもできる。

そんなことが分かるようになるのには、何度か痛い目に合ったからで、結構な日時が必要だった。しかし痛い目にあったとはいえ、店主がカウンター席を多くつくったのは、アルバイトを使わなくてもやっていけるという実利上の計算でもあったが、なにより店主自身の人間への好奇心、人と触れあえるということを求めていたからでもあった。

だが、いくら店主と客の間柄は対等だと店主が思っていても、カウンター上には目に見えない三八度線、深入りしてはいけない限度というものがある。どんなに関係性が近しくなったとしても、あくまでも店主と客である。客は嫌ならよその店に行くだけであるが、店主はこの店に生えた植物である。よほどの迷惑を被らなければ、嫌な客でも来るなとはいえない。

客の方は案外平気でズカズカと店主の内面にまで入り込んで来るが、店主は超えてはいけない一線がある、ということを肝に銘じている。店主が、会話が楽しくてつい調子に乗って「国境」を越えてしまうと、のちのち痛い目に合うことも多く経験した。

店主が特定の客と親しくし過ぎてもいけないが、さりとて通り一遍では客も店主もつまらない。また客の変化に鈍感だったとき、あるいは政治や宗教、プロ野球さえも話題にするときには注意深くないといけない。それは喫茶店の専門学校の講師が繰り返しいっていたことでもあった。

政治や宗教の場合は何となく分からないでもない。それはその人の生き方の問題でもあるからだ。だがスポーツまでも安易に好みを口に出さない方がよい、と教わったときには驚きもし、ずいぶんと窮屈なものだと思ったりしたものだった。

喫茶店での滞在時間はせいぜい一時間くらいであろうか。店主のところのような、ほとんどがカウンター席の店では、地位や名誉や財産などはまったく意味がなく、その人の人柄だけがカウンター上で居場所を確保する。それぞれの人生が時間の経過とともに、複雑なモザイク模様を浮かび上がらせることになる。人柄があぶり出されもする。店主はもちろん自分からそのようなことは話題にしないし、客の方も自分からいわなくとも、会話の端々や、他の客の言動からおのずと分かってくるのが、面白いと思う。たぶんこれは喫茶店だけではなく、接客・サービス業に共通する面白さかもしれない。いや、人間そのものに興味があるならばどんな職業でも、同じだろう。

カウンター席で常連の小橋氏がスポーツ新聞を広げていた。彼は営業職のせいか比較的時間が自由なようで、いつもスポーツ新聞をゆっくり読んでいる。また彼の坐る席も、空いていればカウンターの壁に面した端である。この席は案外と他の客にも好かれている。身体を捩じれば椅子の背ではなく壁に寄り掛かれるし、そうしていればこの細長い店の全体、客の姿も見渡せるからかもしれない。

小橋氏の背後には二人用のテーブル席があり、三十代の山脇氏が文庫本を読んでいた。今日は久しぶりの休暇だといっていた。店内はその二人だけであった。そこに五十代後半の塚本氏が入って来て、小橋氏に会釈し小橋氏からひとつ席を空けて坐った。入口の方を向いて坐っていたテーブル席の山脇氏は、本から目をあげ、塚本氏に会釈した。三人とも常連で互いに顔見知りである。

店主は、塚本氏のいつものコーヒーをサイフォンで淹れながら、

「こんな時間帯にいらっしゃるなんて、今日はどうしたのですか」

などと話しかけた。サイフォン台は安全のためにカウンター席からガラスの衝立で仕切られてセットされている。

「いやあ、直帰、というやつだよ」

五十代後半の塚本氏はカウンターに肘をついて、店主がコーヒーを淹れているのを眺めながらいった。

「おまちどおさま」

店主が塚本氏の前にコーヒーを置くと、

「ママのコーヒーはいつもママと同じいい香りがして、ほっとするよ」

といつものように歯の浮くセリフを照れもせず吐いて、いたずらっ子のように店主を見た。彼流のからかいだった。小橋氏がその白々しいセリフを、ホオーとこれまたからかい気味の笑いの目つきで、

「なるほど、さすが先輩。見習わなくちゃ」

と塚本氏にいった。

「いやいや、僕はお世辞なんていえない小心者ですよ。僕は本当にそう思っているのですよ」

塚本氏は自分の気障さを、自分で笑った。そのやり取りを聞いていた山脇氏も話に加わろうと、文庫本を伏せてカウンターの二人の方に向き直った。カウンターの椅子とテーブル席では高さが違うから、自ずと山脇氏は二人を仰ぎ見るような格好である。

「僕はここのコーヒー、もっと濃いほうがいいなあ」

せっかく加わったのだが、彼は生真面目すぎて冗談が分からないから、先ほどまでの軽口から浮き上がってしまう。店主をからかう会話はそこで終了した。

それからしばらく他愛もない世間話をしていたのだったが、小橋氏が手元においたス

ポーツ新聞を脇に除けて、

「まったく、しょうがないなあ」

と昨夜のナイターの結果をぼやき始めた。小橋氏は大のライオンズファンであった。昨夜はライオンズが負けたようだった。

「まったくお互い、弱いですねえ」

とジャイアンツファンである塚本氏が、大いに同調した。同じくジャイアンツファンでもあるテーブル席の山脇氏は、話に加わろうと再び身体を乗り出して来た。共通するプロ野球を肴に、小橋氏と塚本氏がさかんに皮肉の応酬をしながらも、それを楽しんでいて会話は弾んでいた。そのうちだんだん自分の応援するチームの話に熱が入っていった。

脇に畳んでおいた新聞をもう一度広げながら、ライオンズが、

「僕はあんまり好き嫌いがある方じゃないが、ジャイアンツだけは好きになれないなあ。金に任せてという感じが嫌だね、特にあのなんとかという、あの経営者がね」

と独り言のようにいった。もちろんジャイアンツファンの二人を間接的にけしかけているのであった。小橋氏はこれをきっかけに彼らと丁々発止の応酬をしたいからであった。小橋氏は今日はもう予定がないからなのだ、と店主には分かっていた。

二対一の関係の中で、少数派が宣戦布告したようなものだった。ライオンズはわざとジャイアンツをからかっていることを、店主は、また始まった、と思っている。ライオン

ズは前々から論戦を楽しむ傾向があって、以前タイガース好きにも同じようなことで議論を吹っかけていたことがあった。そのときはお互いが負け続けていたようで、そう激しくはならず二人は存分に会話を楽しんで帰った。

店主は野球の細かなルールなどほとんど知らなかった。まして選手の名前も全体の中の二、三人を知っている程度だから話に入りようがないことは、三人とも知っている。とりあえずいまは三人とも楽しそうでもあったから、素知らぬ顔でサイフォンのフラスコを磨いていた。

だいぶ前にやはりライオンズがアンチ巨人だという客と野球の話を始めて、意気投合すると思いきや、アンチ巨人が何かに腹を立て、結構険悪な雰囲気になったことがあった。店主が野球音痴ぶりを発揮して、その場は終息したのだったが、ライオンズもアンチ巨人も何事もなかったようにコーヒータイムを過ごした。後日店で同席したときにはまったくそのような会話をしたことなどなかったかのように、世間話をしていたから双方とも大人だということだろう。

店主はそんなことを思い出しながら、大人同士なのだからどちらもジャブを繰り出してはいても、ノックアウトにはしないだろうことが分かっていた。だから、どっちがユーモアやウイットに富んでいるかと、傍観者として三人の会話の流れに耳を傾けていた。

年配のジャイアンツは、過激に吹っかけてくるライオンズに対して、応戦の楽しみさえ感じているらしかった。二人はチクリチクリと、あるいはグイっと皮肉を繰り出し、その応酬を楽しんでいることが傍目にも分かる。聞き流したり、いやいやそれはお互い様で、とか、そういったらおしまいだね、などと軽くいなしたり煽ったりしていて、それはそれで店主もつられて笑ったりしながら聞いていた。

そのうちライオンズが、最近の試合でミスしたらしいジャイアンツの選手を、

「あれじゃあ素人だね。金にあかして連れてきたのに」

とこき下ろした。年配のジャイアンツは、そういうこともありますよ、などと鷹揚に応対していた。ところが、それまで会話に入り込むタイミングを外してなかなか会話には入れなかった若いジャイアンツが、はじめてライオンズに挑んできた。

「彼のミスをそのようにしか判断できないってのは、本当に野球のことが分かっていないんじゃないですか」

と苦々しそうに吐き出したのだった。ライオンズは一瞬、おおっといった表情をした。しかし、これはライオンズにとって願ってもない糸口であった。

「ほう、ひとつ教えてくれませんか」

と、さらに激しい応酬を楽しもうとして、壁に背を預けて足を組み、店全体が見えるような寛いだ余裕のある姿勢で、笑いを含みながらけしかけた。

「だってあの場合は……」

若いジャイアンツは苛々として、真っ向からライオンズに向かっていきそうな勢いだった。表情も硬かった。

彼がこんなふうにむきになっているのは、店主にとって珍しかった。彼はどちらかというと無口というか話下手であった。どうしたのかしら、と思っていると、年配のジャイアンツが若いジャイアンツの言葉の余裕のなさを感じ取ったのか、これ以上深入りしない方がよい、と思ったのだろう、突然、

「ママは誰のファン？」

と、店主に会話のボールを投げかけてきた。

店主は野球談議がどの方向に行くのかと三人の雰囲気に注意を払っていたので、まさか自分の方にボールが投げられると思っていなかったから、慌てた。ライオンズも若いジャイアンツも、えっ、というように店主を見た。

「僕は、ママの好きなチームに鞍替えしようかな」

年配のジャイアンツが、また気障なセリフを平気な顔でいって、にやりとした。カウンター上は空気が抜けたような、一瞬で雰囲気が変わった。

「私……ですか。えーっと、どっちかというと、S投手がいいかなあ」

店主はその投手がどこの球団に属していたかも覚えていなかったし、現在も野球と関わっているのかさえ知らなかった。ただ、中学生のとき、同級の野球部の男子が、下手投

げの投手だった。当時Sというプロの下手投げの投手がいる、ということを知ったのはそのときだった。

放課後、夕焼け空の下のグラウンドで彼が練習している姿を、カッコイイ、と校舎の陰で見ていたことを思い出したのだった。S投手も同級生も、確かメガネをかけていたように思う。そのくらい遠い淡い記憶だった。

あれは店主の初恋だったのだろうか、店主にも分からない。

「ほほー、ママ、それっていつの時代だね」

ライオンズがすぐに反応した。若いジャイアンツは、上げた拳をあっさりと下ろして、興味深そうに店主を見て、話の続きを促す姿勢になった。

「確かいたよね、下手投げの投手が……」

と、今度は年配のジャイアンツがニヤニヤ笑いを浮かべたままいった。そして、

「何か深い意味があるんじゃないの、ママ。僕はママの青春の一ページを聞きたいなあ、ママ、どうなの、その彼とは」

年配のジャイアンツは片肘をカウンターにつき、頬杖をするような姿勢で店主の方を見た。

「そういえば、ママの恋愛話は一度も聞いたことがないね。俺も聞きたいなあ」

やはり壁に背を当てたまま、ライオンズも矛先を店主に向けた。

三人とも、店主が野球についても他のスポーツについても、ほとんど知らないことを知っていた。だからいつも教える、という立場で楽しんでいたのだった。

突然の話題の方向転換で、店主の方に関心が移ってしまった。カウンター上の垂れかかっていた薄雲はたちまちどこかに流れていき、かわりに店主が矢面に立たされた。

突然思い出した夕焼け色の情景の中で、店主は、

「うふふ」

と笑って、後は何もいわなかった。

「あっ、意味深な笑いだなあ。馬鹿々々しくて聞いていられないや。さて、もう帰ろうかな」

ライオンズは、潮時、とみて腰を上げた。年配のジャイアンツが、

「また、やりましょうや」

と手を振った。

若いジャイアンツは、何もいわずに頭を下げただけだった。

打ち明け話

その女性が店に入って来たとき、個性的な顔立ちだと思った。背丈は百六十センチを越えているだろう。ストレートの前髪が眉すれすれにきりりと切り揃えられ、耳を出したショートカットの襟足は刈り上げられている。濃い眉がきれいに整えられ、瞼の下の眼は黒々と大きい。全体として顔は小さめで、鼻筋が通っている。ラフではあるが原色を使ったシャツと、ぴったりと腰にまとわる黒のズボンとパンプス。四十代だろうか。仕事帰りの気持ちの切り替えで寄ったのだろう。コーヒーを飲みながらしばらくぼんやりと雑誌を見たりして三十分もしないで帰って行った。

サイフォン台の傍の常連客が、あの人、Kの客よ、と店主に教えてくれた。Kとはこの店からだいぶ奥に入った住宅街の中にある喫茶店で、店主の店とは競合する範囲ではなかった。店主はKという喫茶店があることは客から聞いて知っていたが、行ったことはなかった。

そのうち、その女性は仕事帰りにときどき来店するようになった。店主が、今日は暑かったですね、とか、いい気候になりましたね、などと一言話しかけるうちに、女性の方も自分から何がしかの会話をするようになった。会話をしてみると、言葉に少し訛りが残っていた。それで出身地を尋ねると、栃木出身だという。そして彼女は、

「宮城です。」

と自己紹介した。そのいい方には意志の強さが感じられた。

「あら、私は新潟生まれの福井です」

栃木県の宮城さんと新潟県の福井さん、と笑いあった。

それまではカウンターの入口近くに席を取っていたのだったが、この日を境に宮城さんは奥まで入って来て、二人掛けテーブル席に坐るようになった。しかし常連たちが坐るサイフォン台近くのカウンター席に坐ることはなかったし、他の客がいると、店主に話しかけることもなかった。

他愛もない話をぽつりぽつりと会話して帰って行く。カウンター近くに坐り、さまざまな情報が彼女にも伝わっていくにつれて、それまで店主をママと呼んでいたのが、他の常連が呼んでいるように、ユキコさんと呼ぶようになった。

常連になると店主をママと呼ぶのは気恥ずかしくなるらしい。ママというには不似合いな店主でもあった。苗字の福井さんと呼ぶ人もいれば名前でユキコさん、あるいはユキさん、なかにはユキちゃんと客それぞれの性格に馴染んだ呼び方をした。店主の方はどの呼ばれ方をしても、客に対してはさんづけの苗字で呼んでいた。

宮城さんはときどき珍しいアンパンや熱々の焼き芋を買ってきて、はい、といってくれたりした。店主の方は、半分にしたり三等分にしたりして、他の客や宮城さんと一緒に食べた。彼女は、店主が食べるのを嬉しそうに見ている。そんなふうにして関わるうちに、宮城さんも他の客と同じように、店主だけのときには私生活を少しずつ話すようになっていった。

　彼女は二十二歳で結婚したのだという。男の子二人をもうけたのだが、小学校に上がる頃、子どもたちを残して離婚した。それでも子どもたちとはたびたび会う機会があったし、いまでは一緒に食事をしたり彼女の家に泊まりに来ることもある、と話した。それらを彼女はとてもしあわせそうな表情で話した。小さな子どもを残して家を出るなど、よほどの覚悟がなければできない。彼女はその理由を話さなかったが、おそらく当時は満身創痍であっただろう。それから二十年という歳月は、経理の知識があったから、働き続けられる安定した職場があったから、としみじみとしていった。

　淡々として話せるのは落ち着いた暮らしのいまがあるからだろう。店主はそんなふうに思いながら、ときに声を出して笑って話す彼女と一緒になって笑ったりした。

　店主に、妻子ある男性と付き合っている、と打ち明けた女性がいた。また逆に、夫に愛人がいることが分かった女性もいる。彼女は子どもがもう少し大きくなったら別れるといい、帰宅した夫のにおいに吐き気さえ感じるという。再婚や離婚や死に別れの女性たちの苦悩は、みんな似ているようでいて、個別的であった。

　三十代後半の女性は、独身だというそれだけで半人前と思われる言い方をされること、それも家庭生活を世間並みにしている同性にいわれることがあるといった。店主も店を始めて三、四年経った三十代半ば頃、近くの小学校のＰＴＡの役員をしているという女性客に、子どもを産まないのは非国民だ、と真顔でいわれて絶句したことがあった。大きなダイヤと思われる指輪をしたその女性は、常連とはなり得なかった。

経済的、家庭的に恵まれ、子どもたちも名の知れた学校に通い、はた目にはしあわせを絵に描いたような生活の女性たちが多いこの店ではあるが、頭の先からつま先まで満ち足りた人間などいるはずもなく、それぞれの内部に棘やかさぶたを持っている。だから店主とさして年の違わない女性が、平然と時代錯誤の言葉を発することに店主はかえってその女性に興味が湧いたりした。

店に来るお客さんの中には、さまざまな形態の男女関係があることを、店主は聞き知っていた。どんな形であれ、その状況の中でみんな真面目に生きている。

男性が打ち明け話をするときにはどこか自嘲的であったり、客観的であったりする。それは話し相手の店主が四十前後の独り身ということもあるかもしれない。女性の場合は、話し方が率直で、根底には人間としてよりよく生きたい、という葛藤があるような気がする。

ややもすると打ち明け話は、無関係な他者に三面記事的興味を引き起こさせ、自分が傷つく場合だってありえるだろう。それでも、抱えたものが何かのきっかけで沸点に近づいたときには、生活圏から距離のある、無害の誰かに打ち明けたくなるのかもしれない。

他に客のいない夜のカウンター席は、傷つく可能性を何かしらのオブラートで包んだり、脚色をほどこして、ちょっとずつ聞き手の反応を見ながら話すに格好の場であった。

日曜日、めずらしく十一時少し前に宮城さんが男性と一緒に来店した。いつもの奥の二人掛けのテーブルではなく、入口近くのカウンター席に坐った。店主はお冷を出したとき言葉は出さずに、あら、めずらしいわね、と目顔で会話した。彼女は、にこっと笑ったが、どこか誇らしそうに思える表情であった。そして、

「ユキコさん、モーニングコーヒーを二つお願いします」

といった。彼女がモーニングコーヒーを頼むのは初めてであった。

連れの男性は背が高く、宮城さんと同い年くらいだろうか。人によってはハンサムといえるかもしれない容姿だった。チラッと二人の方を見ると、二人は小さな声で静かに会話をしているようだった。彼を見る宮城さんは、店主の先入観が入っているのかもしれないが、しあわせそうだ。傍目にも、ああ、惚れているんだな、と感じられた。

店が立て込んで来たので、店主はそれきり二人と関わることはなかった。しばらくして二人は席を立った。男性は店主に軽く頭を下げ、先に店を出た。宮城さんが支払いをしながら、これから映画を観に行くの、とそっと店主に耳打ちした。

「あら、いいわね」

宮城さんは、照れたような誇らしいような表情で、じゃあね、というように手をひらひらとした挨拶をして出て行った。先に出て待っていた彼が、入口ドア越しに店主に頭を下

げるのが見えた。

店は立て込んできて、それきり宮城さんのことを思い出すこともなかった。

翌日の夕方、宮城さんが会社帰りのいつもの時刻にやって来て、めずらしく常連客がいないカウンター席のサイフォン台の近くに坐った。

「ユキコさん、いつもの、ね」

宮城さんはカウンターに肘をつき、それから、

「いつ見ても不思議なのよねえ」

とサイフォンのフラスコの湯が、沸々としてロートを通って上がっていく様子を見ていた。今日の彼女はゆったりとした雰囲気があった。というより心がたぷたぷとしているような、なんだか背骨が柔らかくなっているような感じであった。

「……サイフォンって絵になるわよね」

「私も、喫茶店の計画を立てている段階から、やるならサイフォンでって決めていたんですよ。布ドリップの方がおいしいという人もいるんだけど……」

店主はロートの中のコーヒー粉と上がってきた湯とを静かにかき混ぜながらいった。コーヒー粉と湯が混ざりあって小さく泡立った。

「……昨日の彼、私が結婚する前に付き合っていた人なの」

長い指を組み、そこに顎をのせたまま宮城さんはコーヒーがフラスコに落ちてゆくのを

見ながら、いった。

「えっ」

唐突に、それでいて何でもないことのようにいう言い方に、店主は聞き違えたのかと思った。

「……彼のことが忘れられなくて……離婚したの」

宮城さんは同じようなけだるさの雰囲気の中で、独り言のようにいった。それは店主を驚かせたが、あからさまには顔に出せなかった。どのような相づちを打っていいか分からなかったので、

「そう……」

とだけいって、フラスコからロートを外し、カップに注ぎ入れた。

「うーん、いい香り……」

彼女は自分の前に置かれたコーヒーカップに手を添えると、うっとりするようにつぶやいた。それからゆっくりと持ち上げ、再び香りをかぐように顔を少し左右に振った。そしてしばらく黙っていたが、

「彼ね、ここのコーヒー、おいしいって」

とカップから目を離さないで、いった。

もしかしてもっと彼のことを聞いてほしいのかもしれない、と店主は思った。店主は好

奇心を刺激されていたが、どこまで踏み込んでいいのか分からないので、彼女の話を待つ、という静かな雰囲気を保ったまま黙っていた。だが宮城さんがそれ以上はいわなかったので、

「コーヒーの味を褒められるのが、一番うれしいわ」

というにとどめた。

そうそう誰にでも話せる事柄ではない恋情の、その気配だけでも胸の中からこぼれ落として、宮城さんは少し気が済んだのかもしれなかった。店主は自分の好奇心を抑え、問いかけることを遠慮した。

宮城さんが帰った後、店主は、自分にはそのような激しさはないなあ、と感心し、そういう生き方もあるのか、と我が身を振り返った。

店主は、どちらかというと自分は惚れっぽくない、と思っていた。まだ田舎から上京して二年しか経っていない十九歳のとき勤めていた会社のアルバイトの大学生に、お茶を飲みに行きませんか、といわれたとき、何でお茶を飲みに行くんですか、といって呆れられた。二十歳のとき一つ年下のボーイフレンドと日比谷公園のベンチに坐っていたとき、突然キスをされそうになって驚いて離れたことがあった。店を始める前に付き合っていた男性は、独立した仕事がしたいという店主の思いを、女一人で本当に始められるのか、結婚したらどうなるのか、といったような捉え方でなかなか理解されなかった。映画を見た

り、お酒を飲みに行ったりとそれなりに楽しかったのではあったが、目的ができた店主にはそのような楽しみ方が、刹那的に思えたりしたのだった。異性に対して身を焦がすような思いを抱いたことがなかった。

宮城さんがほんの少しだけ打ち明けたくなった心情は、町にクリスマスソングが鳴り始めた時期と関係があるのかもしれない、などと想像した。そしてまた、この前一緒に来た彼は、現在結婚しているのかもしれない、などとも思った。

いらぬことだが、男は彼女の濃い愛情をどのように受け止めているのだろう、などと想像した。失うものを持っていない女と、失いたくはない多くの事柄があるだろう男。彼の方は宮城さんの何倍も多く周囲に気を遣っているのだろう、などと思った。

男と女の関係は、他人がどうこういえるものではないし、簡単に善悪や正義の尺度で語れるものではないと店主は思う。宮城さんもそれ以上を話そうとは思っていないようだった。クリスマスシーズンの誰もが誰かと会ったり、家族と過ごしたりするこの時期だったから、ちょっと寂しくなっていた、あるいはちょっとうれしいことがあった、それを口に出したかっただけだったのだろう。

そんなことがあってからも、宮城さんはいつもと変わらず週に一、二度来店してくれていた。宮城さんのつぶやきに対してはお互いに話題にすることはなかった。

あと三日で一年が終わるという暮れも押し詰まった閉店間際の時間帯に、宮城さんがやって来た。

「あら、こんな時間にめずらしいわね」

「ちょっと、飲んできたの」

そういえば少し赤らんだ顔であった。カウンターの店主の前に坐ると頬杖をつき、うっとりとした目つきであった。いいことがあったのだろう。しあわせを身体いっぱいで表している人の姿は、見ていても気持ちがいい。

「仕事納め？　いい年でしたか」

店主は宮城さんのしあわせ感に伝染しながらいった。

「……彼ね……」

店主の言葉は耳に入っていかなかったのだろうか、宮城さんは潤んだ目で店主を見て、言葉を飲み込んだ。それから、しばらくコーヒーカップをもてあそんでいたが、

「すごく……いいの」

といった。店主ははじめ意味が分らなかった。がすぐに、宮城さんは性的なことをいったのだと思えた。店主は、答えようがなかったのでドキッとした胸の騒ぎをさとられないように、磨かなくてもよいサイフォンのフラスコを磨き始めた。

男たちが性的なことを冷やかし気味にいうのは耳にするが、同性からこのような告白めいた言葉を聞くことはなかったし、友人同士でも話題にしたことはなかった。二人の間に

沈黙が流れていた。しばらくして、

「ママ、ごめんね」

なぜだか宮城さんは店主に謝った。

「あら、何が」

店主はフラスコを目の高さに持ち上げ、磨き具合を確かめているふうを装いながらいった。

「ううん、なんでもない」

宮城さんはゆっくりとコーヒーカップを口元に持っていったが、穏やかな優しい表情であった。いまこの瞬間、彼女は確実にしあわせに感じていると思えた。

「……ママ、お正月はどうするの？」

宮城さんはある時期からユキコさんと店主を呼んでいたが、この日はママと呼んだ。

「……寝正月かな」

店主は一点の曇りもないフラスコに水を入れ、スタンドにセットしながらいった。

これから始まる長い正月休みを、店主を驚かせた先ほどの一言だけで彼女は穏やかに過ごせるのだろう。

ギャンブラー

川本が競馬好きなのは、この店の常連で知らぬ者はいない。

近隣にはG1レースなどが開催される中央競馬場があるし、地方競馬場もオートレース、モーターボートレース場も隣の市のそう遠くない距離にあるらしいが、彼がそういうところにも出かけているかどうかまでは店主も知らない。けれども、場外馬券売場で彼に会ったという話を常連客から聞いたこともあるし、かなりの競馬好きだということは確かだった。

土日の朝、開店して間もなく彼は店にやって来る。いつも決まった二人掛けのテーブル席に入口を背にして坐り、まずモーニングコーヒーを注文し、それから赤鉛筆片手にじっくりと自分が持ってきた競馬新聞と向き合う。

有馬記念や天皇賞など風物詩のような名の知れたレースのあるときなどは、店でもその話題で盛りあがるから、店主もたまに常連たちの遊びの雰囲気を共有しながら馬券を買うこともある。しかし、彼のように、競馬新聞を尻のポケットに突っ込んでいるような、耳に赤鉛筆を挟んでいるような客はいなかった。

彼は朝出かけて行って夕方四時過ぎにまた店に寄る、というよりは、帰って来る。スッテンテンでコーヒー代を払う金もない様子で、悪いな、明日持って来るよ、というときもあれば、ちょっとしたお土産を、ほら、と突き出すこともある。だがこれは滅多にない。

明日は有馬記念という日の夕方、仕事帰りに寄った彼が、

「二―八だ。買えよ」

と、カウンター席まで近寄ってきて、さも有力情報をこっそり教えてやる、といった具合に話しかけてきた。カウンターにはいつのも常連客はいなくて、入口近くの席に話に夢中の若いカップルがいるだけだったが、彼はなぜか決してカウンター席には坐らない。

だいたい彼の言葉遣いは、ホラとかヨーとかオイといった言い方であった。このときも、買えよ、という言い方をした。お土産の場合は照れがあるかもしれない。だが馬券を、買えよ、という言い方には押しつけがましさを感じる。こういう言い方に店主はいつもカチンとくる。だから聞こえない振りをしてグラスを磨いていた。

「……オレがいうから買わないのか」

気の弱そうな哀れっぽい言葉が気になり彼の方を見ると、萎縮した犬のような卑屈な眼を店主に向けた。

オレガイウカラカワナイノカ。このような言い方をされると、今度はかわいそうに思えてくる。女性客たちの大方が、できるだけ係わりたくないという態度であることを、日頃彼は感じているのだ。

彼は開店以来の客であったが、彼の風体、態度からどちらかというと常連の女性客の間では軽んじられている。この喫茶店では彼の風体態度は異質といってもよい。

川本が馬券を買えといったのは、カウンター上で話が盛り上がったり、まれに店主も一緒になって馬券を買ったりすることを見ていたからだった。

「……じゃあ五百円」

川本の卑屈な目つきに、同情心から少しだけお付き合いをすることにした。

「なんだ、たったそれだけか、絶対大丈夫だから、千円買えよ」

川本は急に気をよくして、強気な言い方になった。自信たっぷりに勧められても、店主はそれ以上買う気はない。お付き合いだ。第一、買えよ、という言葉にムッと来る。

「ケチだなあ。千円くらい買えよ」

と舌打ちするようにつぶやいたが、表情は明るかった。あまりにも分かりやすい彼の感情の動き、態度は、それはそれで店主としては複雑な気持ちになる。

翌日、朝いつものようにモーニングコーヒーを注文し、競馬新聞を睨み、検討を終え、

「じゃあな」

と馴れ馴れしそうに店主に向かっていった。この言い方も、店主の気に障る。他の常連には、いってらっしゃいなどと送り出すのだが、ありがとうございました、とカウンターの内と外には距離があるのだ、という態度でよそよそしく、送り出した。

夕方帰って来た川本は、店主がお冷を持って行ったとき、バツの悪そうな顔をして、悪いな、とまた犬のような目つきをした。店主はほかの常連からこの日のレースの結果を聞いていたから、

「そうですか」

と、またよそよそしく応えた。店主がどんなに素っ気なくしても、川本は土日はもちろん平日の夕方も店に寄った。

彼が店に来るようになったのは開店初日からであった。三か月ほど店を手伝ってくれることになっていた友人の真知子さんと、店を出たところの交差点で通行人に開店のお知らせのチラシを配布していた。彼はチラシを手に取ると、そこの店か、といってすぐさま店に入ろうとした。明後日からです、と店主は慌てて引き留めた。

そのとき、怖そうな雰囲気の人だからあまり来てほしくないわね、と真知子さんと顔を見合わせたものだった。小柄ながら肩を揺するような蟹股歩き、その上パンチパーマである。店主や真知子さんの感覚では、見るからに一般の人ではない、と思えた。

開店当日、その男・川本はやって来た。パンチパーマを見て、すぐにチラシを受け取った男だと分かった。咄嗟に店主の脳裏に浮かんだのは、喫茶店など飲食店では、そのスジに睨まれたらおしまいだよ、と聞いていたことだった。店主にはあまり来てほしくない客であったから、愛想よくしないで通り一遍の接客に徹した。

しかし何が気に入ったのか、彼はその日からほとんど毎日店にやって来るようになった。だが彼は見てくれと違って、店内ではいたっておとなしかった。また、決してカウンター席には坐らなかった。彼に話しかける女性客は滅多にいなかったが、顔見知りになった客には、会釈したのかどうか分からない程度の挨拶をした。二人掛けテーブル席の背もたれではなく壁に背を預け、店全体を見渡せるような格好で大股開きで坐る。他の客の話に興味を抱いているようではあったが、会話の中に入って来るようなことはなかった。

毎日来てくれるが名前も分からなかったから、真知子さんが、ほら、あの皆勤賞の……、という言い方をした。それで店主にも十分に伝わる。二人の間では、皆勤賞、で通っていた。

三か月が過ぎて店主が店に慣れた頃、真知子さんのお手伝いも終わった。

彼は相変わらずほぼ毎日やって来た。そのうち差し障りのない会話をぽつぽつとするようになり、何かのきっかけで名前が分かってから店主は、川本さん、という言い方をした。それはどの客にも同じであったが、彼にとってはそれがことのほか嬉しいようでそれから少し馴れ馴れしくなったような気がする。

住宅地の中の喫茶店だから、店の客の情報は誰かしらが知っていることが多かった。だが情報通の酒屋の石塚さんも、ずっと奥の方からやって来るようだよ、という程度にしか彼のことは知らなかった。

普段はTシャツにジーパンだが、一度、地下足袋に裾の広がったニッカポッカのいでたちで店に来たことがあった。彼の職業は建築関係か何かだろう、と噂し合った。しかしまた、派手なネクタイにダブルのスーツ、エナメルの靴を履いて現れたことがあった。ますます彼は普通の人ではない、と思えた。また暑い盛りにダボシャツで現れたときには、常連の女性客たちは、やっぱり、と目配せしたものだった。

モーニングコーヒーを頼むとき、パンもくれ、などという言い方や、食べ終わった皿を顎で示し、カウンターの中にいる店主に向かって、おう、これ下げろよ、などという態度、シーハーシーハーと歯を啜ることなど、彼の風体、容貌と相まって独特の印象をもたらす。あの人、あなたのことを、オレの女、みたいな言い方するじゃない、などと店主は女性客にからかわれたりもした。

店主にしてもそんな言い方をされると内心ムカッとくる。黙っていればますますつけあがるだろうと思うから、だいぶ顔見知りになったある日、少しきつい口調で、

「あなたに顎で命令される筋合いはないわよ」

といった。彼が開き直ったり激高しないことが分かっていたからだった。命令される筋合いはないです、とデス、マス口調でいえば鋭角の角が立ちそうに思えたから、くだけた話し言葉の「ないわよ」を、少し強めにいったのだった。すると彼は予期せぬ店主の口調に、一瞬ぽかんとした。彼の驚きようはおかしかったが、無視していた。すると帰り際に、怒ったのか、などと小さな声で訊いてきた。

そんなことがあっても彼は相変わらず店に来るし、その上しばらくは、コーヒーください、などと店主の顔色をうかがいながら低姿勢だった。たぶん人柄は悪くないのだろう。

川本も、酒屋の石塚さんと同じように女性たちの会話に入りたい様子は、かねがね見えていた。彼女たちの方を見ながら話の糸口を探している。女性たちは彼など眼中にない。それでもたまには何かのきっかけで、女性たちの会話に軽い冗談口でくちばしを入れることもあった。彼としてはそんな日は特別気分がよい日だったのかもしれない。だが彼の冗談は下品な下ネタで、一気にカウンター上は白けてしまう。会話に割り込まれた女性たちは目配せして沈黙し、まだ彼に慣れていない人は席を立ったりした。

「ちょっと川本さん、そういう言い方は、みんなは好きじゃないわよ」

店主は彼の会話に口を挟んでたしなめた。彼は店主に注意されると、ニヤっと笑うだけだった。

そんな彼がある日、坐っていた壁際のテーブル席から身を乗り出すようにして、

「ほら、これ」

一枚の馬券をひらひらさせて、めずらしくカウンターで女性たちが会話しているところに割り込んできた。

「ああ、馬券ね」

稲村さんが振り向いて軽く相槌をうち、同時にそれ以上の会話を拒否するように、背を向けた。稲村さんは誰とでも気さくに話のできる人だった。だから彼は最初に彼女に話しかけたのかもしれなかった。

彼は立ち上がってカウンターに近寄り、もう一度、これ、とその馬券を今度は店主に見せようと差し出した。彼が買ってきた馬券を見せるのは、初めてのことだった。店主はその馬券を受け取って見て、思わず、

「まあ、こんなに買うの」

と声を上げた。最後の合計金額が三万になっていた。ということは一レースに三万もつぎ込んだということだ。

「そうだよ」

彼はようやく自分の意図どおりの反応を得て、少し得意そうにニヤニヤした。店主の思わずの反応に、今度は稲村さんも興味を示して店主の方に身を乗り出した。

「ええっ、なに、こんなに買うの？」

と店主が渡した馬券を手に取り、同じような反応をし、隣にいた一ノ瀬さんに渡した。

一ノ瀬さんはその馬券を一瞥して、

「これって当たり馬券？」

と疑わしそうに小声でいった。それから黙って店主に戻した。川本は一ノ瀬さんのつぶやきを聞きつけ、

「ああ、そうだよ」

と小さくだが誇らしそうに、坐っている女性たちを見回した。店主の手元に戻った馬券

を早く返せというように掌をひらひらさせて取り返し、丁寧に財布にしまった。

そもそも、たった一回のチャンスに、それも数分という間に何万も費消することが、店主を含めた女性たちには理解不能であった。

一万が倍になっても二万。そのくらいなら川本がわざわざニヤついた顔をしながらみんなの会話に割って入って来ることもしないだろう。初めは適当にあしらっていた稲村さんが、

「ところで、幾らになったの」

と、後ろを振り向いて川本に聞いた。

「万馬券だ、一万二千円の配当だ」

彼は貧乏ゆすりをしながら、一言短くいってコーヒーを口に持って行った。

「ふーん、万馬券って百円が一万円になるんでしょ？」

なんだそのくらい、とでもいうように稲村さんの興味は減じたようだった。彼は関心が薄れたことを感じ取ったのか、再び財布から馬券を取り出して、さらにニヤニヤしながら、

「ほら、これ」

と、なぜだか少し声を落として、当たった購入金額のところを指で示した。稲村さんは面倒くさそうに、もう一度振り返り彼の示した指先を覗き見た。

「三―五を一万円買ったのね、で万馬券……　一万円×一万二千　ゼロが……」

とイチ、ジュウ、ヒャクと指を折っていき、それからエーッ、イッセンマン、イヤ、イチオク、と頓狂な声を出した。店主も、思わず稲村さんを見た。彼は相変わらずニヤニヤしている。

「……違うんじゃない、百円で一万だから、千円なら十万円、一万円なら百万という計算になるんじゃないの」

脇から覗き込みながら、一ノ瀬さんが冷静な声でいった。店主も稲村さんもすぐには理解できなくて一ノ瀬さんをまじまじと見た。一ノ瀬さんは黙って頷いた。店主にはまだ計算ができなかった。川本は店主と稲村さんの反応に取りあえず満足したのか、ゆっくりと財布にしまい込んだ。

「川本さん、本当？　本当ならすごいじゃない」

稲村さんが、いまひとつ信用できないといったふうで、珍しく彼を名前で呼んだ。

「物騒だから換金しないできた」

彼は幾分言い訳のようにいい、改めてみんなの様子を窺った。その表情は大金を得たという割に、犬が飼い主を見上げるような小心そうな目つきであった。

川本の前の二人掛けテーブル席にいた初老の男性が、ずっとこのやり取りを聞いていたらしく、

「いやはや、うらやましいですな」

といいながら、席を立った。会計をしながら店主は、

「お騒がせしてすみません」

と謝った。

「なかなか愉快な話じゃないですか」

そういって帰って行った。

川本は話の接ぎ穂を失ってしまい、吸いかけのタバコを灰皿にくの字ににじり消すと、
さてっと、といって腰を上げた。それはなんだか堂々というよりはすごすごと引き下がる
といったような感じであった。

彼がドアの外に消えると、稲村さんが疑わしそうに、

「信じられる？　一万が百万なんて」

と店主の顔を見て、

「三―五の配当が、万馬券だとすれば……それを一万買ったのだから……」

とまたモヤモヤを増幅させるようなことをいった。それからすぐに、

「儲かったような姿、一度も見たことないわよねえ」

半信半疑でなんとなくすっきりしない気分が漂っていたカウンター上に、稲村さんの最
後の一言がポタリと落ちた。すると、たちまち嘘に違いないという気分が店主にも伝染し

ていった。

「見栄を張って、自分に注意を向けてほしかったんじゃないの。いつも女性たちに無視されているから」

稲村さんはどうにも納得がいかないようだった。

当たっているわけがないと思いつつ、わざわざ馬券まで見せたのだから本当かもしれない、とも思える。店主もひっくるめてこの場にいる誰も自分とは何の利害がないにもかかわらず、モヤモヤした会話が続いた。川本さん凄いわね、などという言葉は誰からも出なかった。なぜだか、カウンター上の気分はすっきりとしない。

彼が大儲け、といっても四、五万ですら当たったという話を聞いたことがなかった。いや彼の日ごろの風体や態度から、大金をたった数分のためにどぶに捨てる勇気があるとは、信じがたかった。いやそれが賭け事に夢中になる人間の性というものなのだろうか。

そこに魚屋の杉内さんが入って来た。彼も競馬好きであった。杉内さんはべらんめえ口調で話が面白いから女性にも人気がある。我れ先に川本の大当たり馬券のことを、杉内さんに話した。彼は、ふーんといった表情をしながら、

「何日のどこのレースかい?」

と聞き返した。店主も女性たちも、一様に首を傾げた。誰も川本に見せられた馬券の詳しい見方を知らないのだった。

「俺は競馬場で彼に会ったことが二、三度あるけど、結構チマチマした買い方だったよ。それにそんな当たり馬券を何ですぐ換金しないんだ。俺だったらすぐに換金するよ、夢だったなんてことがないように、ね」

と笑った。それから、

「だいたいギャンブルなんてえものは、金持ちが儲かるようになっているんだよ。貧乏人にうまい話はそうそうないね。例えば金持ちがさ、ガチガチの馬券を百万買って配当が二倍なら百万儲かることになるだろう。俺らが同じのをせいぜい千円買ってもたかだかだよ。だけど当たると、うれしい、だんだんはまっていく。ギャンブルなんてそんなもんよ。ギャンブルで金持ちになった人間なんて聞いたことないね」

と、杉内さんは端からこの話を信用していないようだった。

「でも……」

稲村さんがどっちつかずの表情で、

「川本さん、いつもとは違う雰囲気だったし、なんだかひそひそとした言い方だったたし、急いで馬券をポケットにしまったでしょう」

杉内さんに否定されて稲村さんは、今度は逆に川本がいったことは本当かもしれない、と思えてきたようだった。

「一レースを何種類か買うのは分かるけど、万馬券になるような馬に大金を注ぎ込むことはないんじゃないかなあ。……うん、その話は嘘っぽいね。まあ、俺も一度はそんな嘘ついてみたいね。美人が集まっていたから、ちょっとからかったのじゃないかね」

杉内さんは再び大きな声で笑った。

川本が大金を手にしようがしまいが、この場にいる者たちの懐とはなんら関係ない。それなのに、杉内さんの一言で、あの人ならそんな嘘つくかもしれない、馬券は外れに決まっている、となんとなく納得したようになった。

川本は翌日も店にやって来たが万馬券の話は一言もいわないいし、それ以後もいわない。表面的にはなんの変化も見られなかったし、金回りがよさそうでもなかった。

稲村さんは、彼と顔を合わせても会釈程度で馬券のことを話題にしなかった。店主もそのことに関しては何も触れなかった。

川本が大金を手に入れたかどうか結局のところ分からずじまいだったが、駄法螺ということでみんなの意識からすぐに消えた。

いつもと変わらない川本を見ていると、ふと店主は、どうして彼はあのとき突然そんなことをいいたくなったのだろう、と思うことがあった。

彼が来店すれば、顔見知りは会釈し寒いの暑いのといった天候などのごく短い会話くらいはするから、まったく無視されているわけではなかった。店主も彼が話しかけてくれば、それなりに会話をする。

彼はその後、取り立ててバツが悪そうでも、居心地が悪そうでもなかった。

杉内さんのいうように、ただからかいたかっただけなのか、本当に当たったからつい誰かに話したくなっただけなのか、それともみんながあまり彼のことを相手にしないから、大当たりの馬券の話でもしたらもう少しみんなと打ち解けられるとでも思ったのか、店主には分からなかった。

おふくろの妹

初めての客だった。テーブル席に着いた青年二人は、店の雰囲気をチェックするように見回すわけでもなく、一時間ほど静かに話をして帰って行った。サラリーマンではないだろう、というのが店主の直感的判断であった。

通りすがりの客であっても、コーヒーの味と雰囲気と接客態度が気に入れば、また来店するだろうし、そうでなければ一回限りである。春と秋の彼岸になると近くのお寺の墓地に墓参りに来る客がいる。また来たわよー、といって入って来る。店主は顔を覚えているから、お彼岸ですものねえ、などと応対する。それは客の方でも、また店主にも嬉しいこと。転勤族でこの近辺に部屋を借りていたサラリーマンが、地方に戻った後、出張で来た、とわざわざ電車に乗って地元の名産品を持って訪れてくれることもある。そんなとき、客商売している身にとって実に嬉しい。

二人の青年も、また来店するかもしれないし二度と来ないかもしれない。店はそんなふうにして、日々を積み重ねていく。

ドアベルが鳴った。店主は反射的に、いらっしゃいませ、と入口の方を振り返った。あのときの青年の一人が、一週間も経たずに、花を一抱えも抱えて店のドアを開けたのだった。日曜日の午後で、店内はほぼ満席に近かった。カウンター席には常連の女性たちが陣取っていて会話に花が咲いていていたのだったが、花束を抱えた青年が入って来たその場違いさに、一斉に視線が彼に集まった。

彼は一瞬立ち止まり、それから少し視線を下に向け、奥のサイフォン台の店主のところまでやって来た。彼に注がれる女性たちの視線に戸惑いを見せつつ、軽く会釈してから、

「この前は、おいしいコーヒーをごちそうさまでした」

と、無造作に括られた花の束を店主に差し出した。

「えっ」

店主は声を飲み、女性たちはあっけにとられた。店主はドギマギしながらも、

「ありがとう」

と、女性たちの好奇の眼差しをひりひりと感じながら、青年から花束を受け取った。

花束や品物を客からいただくことはあったが、それなりの理由や流れの中であった。しかし初対面に近い男性からいきなり差し出されると、まるで映画のワンシーンのようであった。だからカウンター上には一瞬沈黙が流れたのであった。

「どうぞ」

カウンター席にいた稲村さんが、とってつけたように一つ空いていた自分の隣の席を勧めた。彼は、あっ、どうも、といってカウンターの椅子に腰を下ろした。それは店主の真ん前の席でもあった。

カウンター上はまだ空気が止まっているような、あるいは逆になにかが蠢いているような、そんな場の空気であった。映画の一場面のようなこの情景は、店主にも女性たちにも

さまざまな感情を波立たせていた。それを感じているのかいないのか、彼はまっすぐに店主の方を見て、

「おふくろが房総で花を栽培しているんです。ちょっと実家に帰って来たので……」

と言い訳のように付け足してから、

「あ、コーヒー、ブレンドをください」

といった。

切ってきたばかりのようなその花を、店主はすぐに大きなガラスの花瓶に活けた。確かに、花屋で売っているものとは違い、茎も長く勢いのある立派な濃いピンクの小花だった。活けているうちに、店主は少し落ち着いた。

「ナデシコみたいだけど、なんという花ですか」

「ミス・ビワコという名前です」

少しはにかんだような笑顔に、好感を覚えた。性質も素直な感じで、清潔感があった。女性たちはいつもならそんな客にあれこれと話を仕掛けるのだが、この日は誰も彼に話しかけなかった。青年は女性たちばかりの中で、緊張するふうでもなく静かにコーヒーを飲んで帰って行った。青年が帰った後のカウンター上は、たちまち言葉が飛び交った。大勢の目の前で若い男性から花束を貰うことなど、そうそうあるものではない。彼が帰った後、店主を冷やかす言葉がなかったのは意外であった。

さすが産地直送。ミス・ビワコは生きがよかった。店主は毎朝、開店する直前の最後の仕上げに、花瓶の水を入れ替え、茎を切った。

ミス・ビワコが店主にプレゼントされる瞬間に立ち会った稲村さんが、

「私が庭の花を持ってきたときなんか、水切りは二日か三日に一度だったわよねえ」

と店主をからかった。

「あらそうだったかしら」

などと答えながら、なんとなく気分がウキウキする。

店の常連の女性たちはほとんど地域の住人で、それぞれ大きな庭を持っていたから、店主の店はいつも四季折々の花が活けられてあった。

喫茶店を始めてから店主はずいぶんと花の名前を覚えた。

初めて庭にある花を切って持って来てくれたのは室崎さんだった。彼女の大きな庭には蝋梅、コデマリ、沈丁花、連翹と季節の花々があった。白い小花が枝に垂れ下がって咲くエゴノキをいただいたときには、花の可憐さとエゴ、という矛盾するような名前の不似合いを不思議に思ったものだった。いつも夫婦で来店する中谷さんからサギ草をいただいたときには、名前の通りサギが羽を広げているような自然の造形に息をのんだ。杉野さんが鉢に植えられたさやさやと揺らぐ青草を大事そうに抱え持って来てくれた。この草はフウチソウ、といってから、風・知・草と空中に文字を書いた。確かにちょっとしたそよ風にも、揺れそうだ。なるほど、風を知る草！

店主が生れたのは新潟の寒村で、花もたくさんあったがダリアや桔梗や鶏頭などで、また山にもリンドウやツツジなど幾らでも咲いていたから花を気に止めることもなかった。だから開店当初、花を飾るという発想もなかったのだった。

いまでは折々の季節の花々が小鉢やワイングラスや蓋の無い急須などに無造作に活けられてカウンターやテーブル席にあった。新しい客からは、いつも素敵な花が活けられていますね、などといわれるほどだった。

ミス・ビワコは初めて聞く名前であった。茎も太く背も高く両手に抱えなければ持てないほどの量であったから、大きなガラスの花瓶にどんと投げ入れても堂々としていて、それでいて可憐な花であった。彼は房総といっていたから、もしかして実家は花を栽培しているのかもしれなかった。

青年はその日から一度も店に顔を出さなかった。

毎日水切りをするから二週間ほどするとミス・ビワコもさすがに丈も小さくなり、発育不全の花がかろうじて開くようになってきた。そろそろ限界であった。明日こそは捨てよう、と店主が思っていたその日の夕方、再びあの彼が花の束を抱えて入って来た。今度の花は店主も知っている濃い紫や赤のラナンキュラスだった。

「この前の花、まだもっていたのですか」

と彼は小さく驚いて笑った。

百八十センチに少し足りないくらいの中肉、面長で色白の顔、髪は短めで襟足がきれいだった。眉が濃いとか鼻が高いなどといった部分については特に目立ってはいないが、その顔の作り全体が店主の好みだった。あえていえば店主の好みの、韓流ドラマのリュウという男優に似ていた。

「まあ、ありがとう、じゃあ思い切ってミス・ビワコは捨てることにして」

と、花を活け替え始めた。

「花屋さんですか」

めずらしく夕方来ていた一ノ瀬さんが訊ねた。

「……いいえ、公務員です」

と彼は応じてから、お隣、いいですか、と一ノ瀬さんから一つ空けた席に坐った。

「じゃあ、市の職員?」

「いや、……教師です」

彼女の矢継ぎ早の質問に彼は言葉少なめに応じていた。

「一ノ瀬さん、そんなに矢継ぎ早に質問されて、彼が困っているわよ」

店主は、まだ名前を知らない彼と一ノ瀬さんとの会話の間に入った。

「あら、ごめんなさい。だってこんなにたくさんのお花を抱えて来るなんて、まるで外国映画のようじゃない？」

と一ノ瀬さんは笑った。しかし、一ノ瀬さんのおかげで彼が市内にあるN高校の教師だということが分かった。

「あら、じゃあ、甥が通っている高校だわ」

偶然のわずかな接点を見つけて、店主は思わずそれを口に出した。

彼も驚いたようで、甥の名前を訊ねた。

「金井孝介。スポーツは得意だけど、頭の方はあんまり、ね」

彼は、カナイ・コウスケ、と記憶の中から拾い上げるようにしていたが、

「担任ではないけど、たぶん金井のクラスの数学を受け持っています」

と笑いながら、さらに、

「あ、僕、鴨井といいます」

と名乗った。

それからしばらくして、ごちそうさまでした、と軽く会釈し一ノ瀬さんにも、お先に、と声をかけて帰って行った。口数も少なく、その姿は礼儀正しく爽やかだった。

「なかなかの青年ね。でも私、ラナンキュラスは好きじゃないわ。ぼってりとした花びらが、どこか毒々しいのよね。この店は、やっぱり庭の小花が似合うわ」

彼の姿がドアの外に消えると、一ノ瀬さんが肩をすくめた。

そのときから、ドアベルがカランと鳴って、彼が入って来る姿が目に入ると、なぜだか胸が疼いた。花束をもらったからなのか、彼が初めて店に来たときからなのか、その辺りが店主にはいまひとつはっきりとしないが、ドアベルの音で彼だとわかると、毎回心臓がギュッと痛んだ。

もしかして彼に恋した？　ええっ！

まるで一目惚れのような感情に店主は戸惑ったが、悪くはなかった。

彼にときめくと自覚してからしばらくして、店主は甥のコウスケと会う機会があった。そこで、

「あなたはなんという先生から数学を教わっているの」

とさり気なく聞いてみた。

「鴨井だよ。鴨井の部活は何だったかなあ……。剣道？　いや、柔道、だったかな。どうして？　何で知っているの」

甥は教師を呼び捨てにし、叔母が鴨井先生を知っていることにほんの少し興味を示したが、それだけだった。生徒の間では可もなく不可もなく、か、と店主は甥のニキビ面を見ながら思った。

店主は来店を心待ちにしていたが、まだ彼の来店パターンが摑めていなかった。平日は授業があるだろう。甥の部活は野球で、土日もほとんど練習していた。だから彼の土日も

部活で忙しいだろう、そんなことを想像した。

それでも彼は思いがけない時間帯にふらりと来たりしたが、他の客がいるとテーブル席に坐るから、なかなか話ができなかった。

ある日、店主は他の常連客がいないので、室崎さんに、

「ねえ、この前テーブル席に坐っていた人、覚えている？」

と聞いてみた。誰かと彼のことを話題にして話したかったのだった。室崎さんは、店主が彼から花束を貰ったことを知っていた。

「ああ、あの彼ね、背景の壁に溶け込んでいて、目立たないから、特には印象に残らないわ」

とにべもなかった。あまりにも素っ気なかったから、かえって店主の感情がバレてしまったのかと思えたほどだった。いや逆に、やきもちを焼いていたのかもしれない。店主はそのコメントに不満だったが、話は接ぎ穂を失ってそれで終わった。

彼はその後しばらく姿を見せなかった。どうしたのだろうかと思いながらも、自分から動くほどの度胸はなかった。どうしようもなかった。

ところが、閉店間際のある日、

「まだ大丈夫ですか」

と彼が店に入って来たのだった。店主の心臓はいつにもましてドキンとした。客はもう

いなかった。

「あら、お久しぶり。こんな時間にめずらしいわね」

高鳴る鼓動を鎮めて、店主は平静を装った。

「同僚の送別会で……」

少し酒が入っていることを言い訳のようにいい、店主の真ん前のカウンター席に坐って、しばらくサイフォンのロートに湯が上がっていくのを見ていた。こんな絶好の機会はめったにない。店主は何か話したかった。何を話そう、普段は幾らでもお客さんとお喋りできるのに、と緊張気味にただロートの中のコーヒーをかき回していた。

「サイフォンって不思議よね、何でお湯が上がっていくのかしら、いつ見ても不思議って気がする」

店主はやっと接ぎ穂を見つけた。

「ああ、それは……」

彼は教師のように説明してくれた。

「ふーん、凄い、分かりやすいわ」

「俺、教師だから」

それで一気に距離が近づき、リラックスした気分になった。

「ユキコさん、今度店が終わった後、夜景を見に行きませんか」

彼が突然店主を名前でいった。名前を知っているという驚きと誘われているという驚きとで、えっ、といったまま店主は黙してしまった。

「いや、コースケに聞いたんですよ。名前とか……」

店主の驚きように、また彼は言い訳のようにいった。店主の脳裏に一瞬、お客様とは外でお付き合いしないことにしています、と公言している建前が過ぎった。が、すぐに、

「いいわね、ぜひ」

と応じた。

「じゃあ、明日どうですか。次の日はユキコさんの定休日でしょ」

彼は即座に日時を決めた。もちろん店主に異存はなかった。


翌日、閉店間際になってもなかなか腰を上げない男性客がいた。二、三度来たことのある客であった。店主は約束が気になりそわそわしていた。洗い場回りもきれいに掃除が終わっていた。冷蔵庫のチェックも終わっていた。ときどき時計を見上げながら、カウンターの中をうろうろしていた。嫌がらせをしているのじゃないかと思えるほど九時ぴったりにその客は腰を上げた。ありがとうございます、と店主は早々と挨拶をした。最後の客を送って外に出ると、少し先に車が止まっているのが分かった。もうほとんど店のことは済んでいたので、店主はあたふたとエプロンを外し洗面所に向かった。鏡の前で化粧を直

そうかと思ったが、やめた。

約束通り店から少し離れている場所に彼は車を止めて待っていた。

「お待たせ」

「さっき、最後のお客さんが出て行ったでしょう」

彼はそういって、ゆっくりと車を動かした。行き先を聞いていなかったが、車は高速道に向かった。

「……どこに行くの？」

どこに行くの？　どこに行くのですか？　と店主は内心どちらの言葉を使うべきか迷ったが、結局気さくな言い方で、距離を縮めた。

「横浜に行ってみようかと」

「へえー。いいね」

車は夜の高速道路を滑らかに走ってゆく。

「教師になって何年？」

助手席で、店主はリラックスしているふうにして訊いた。

「えーと、七年かな」

店主はすぐさま頭の中で、大学を出て七年目ということは、と暗算をした。ということは二十九歳！　十二歳も年下だったのだ。年下だとは思っていたが、まさか一回りも年下だったなんて！

　彼は店主が店をオープンするまでのことをさりげなく聞き、店主もそれとなく彼のあれこれを聞き出した。横浜の夜景も夜の高速道路も、店主にはすべて夢見心地だった。特別なことを語るわけでもない。他愛もない日常の他愛もないエピソード。だがそれらはしっかりと彼の輪郭を形作っていく。市内に帰って来たのは十二時を過ぎていた。

　夜のドライブをきっかけに、彼から何度か自宅に電話がかかって来るようになった。付き合うようになったからといって、店主は彼が店に来たときの接客態度を変えていないつもりだった。だが、ドアベルが鳴って彼だと分かると心が浮き立つのは仕方がなかった。常連たちはなんとなく店主の変化を感じているようだったが、誰も直接店主に向かって何かをいうことはなかった。

　店主の店は九時から九時の営業だったから、そう頻繁に会うことはできなかったが、それでも楽しい日々は続いた。彼は店主が年上だとは思っているだろうが、正確な年齢まで知っているかどうかは分からなかった。店主の脳裏には十二歳も年下だということがときどき過ぎることがあったが、一緒にいるときに歳の差を意識することはなかった。

　店が終わった後、駅前のピザ屋に食事に行こう、ということになった。駅前で待ち合わせをして、店主は軽く彼と腕を組み、ピザ屋に向かった。路地を歩いていると酔っ払ったおばさんが、お似合いの二人だね、と声をかけてきた。店主は驚き、嬉しくなっておばさんと彼を交互に見た。彼は笑っている。おばさんはニコニコ頷きながら、ふらふらと通り過ぎていった。店主は組んでいた腕に少し力を入れた。なんてしあわせだろう。あまり惚れっぽくない店主にしては、珍しい感情だった。

店はカジュアルなイタリアンレストランで、値段と量が若者向きだったから、夜の十時近くでも混んでいた。隅に席を取り、サラダやピザを注文した。ピザを食べ始めたとき、

「センセイ」

と、若い女の子が二人、彼に声をかけて近寄って来た。

「おう、なんだ、お前たちも来ていたのか。もう遅いぞ」

と彼が応じた。女の子は笑いながら店主の方を見た。店主は軽く頭を下げたとき、

「あっ、おふくろの、いもうと」

咄嗟に彼はそう紹介した。女の子は店主に笑顔で頭を下げた。

「早く帰れよ」

「はーい」

女の子たちは、バイバイ、というように手を振って席に戻った。

教え子、と彼は店主に説明した。

おふくろの妹、叔母さんか、十二歳違うし、と店主の心はずきりと痛んだ。それでも、彼が店主と会うことを望んでいるのだし、と思い直した。頭の隅の方から、おふくろの妹

というフレーズがひらひらと流れては消え、消えてはまた浮かんでくる。それでも楽しい食事だった。

その夜、店主は遅い入浴を済ませベッドに横になったが、なかなか寝付かれなかった。やはり彼への感情は少しも減じてはいなかった。一緒にいると楽しかった。急に彼の声が聞きたくなって、二時を過ぎていたが電話番号をプッシュした。

ベルの音が三回、四回と鳴っていた。もう寝入っているだろう、そう思いながらも受話器を置こうかどうしようかと未練たらしく耳に押し当てていると、

「……、……」

とよく分からない声が聞こえてきた。すでに深く眠りに落ちていたために舌がうまく回らないようだった。その声はいままで聞いていた彼の声とは異質な、まだ少年のような声質だった。その声を聞いたとたん、店主は何もいえなくなった。すると、

「モ……シ、モシ……」

といまにも眠り込みそうな弱々しいかすれ気味の声が聞こえて来た。その言い方と声質はあまりにも幼く聞こえた。

店主はまるで罪を犯しているような錯覚に襲われた。慌てて受話器を置いた。

目をつぶると店主の耳元で、まるで虻の羽音のように、おふくろのいもうと、と囁く少年の声が聞こえていた。

小説と論文

兵藤氏は小説家である。といっても彼が自分からそう名乗ったわけではなかった。

彼はだいたい午前中に来店するのだが、奥の二人掛けテーブル席の入口を背中にして坐る。コーヒーが出て来るまで背筋を伸ばしたまま、まるで座禅を組んででもいるように目をつぶり泰然として坐っている。おまちどうさまです、とコーヒーをテーブルに持って行くがそのままの姿勢だ。店主がカウンター内に戻った頃、おもむろにコーヒーカップに手を伸ばす。まず一口をブラックで飲む。そのあとミルクを少しカップの縁に回しながら入れて一口。そしてまたしばらく目をつむっている。これが彼のコーヒーを飲む流儀、かどうかは分からないが、だいたいがこのようなやり方であった。

しかしときどきコーヒーが出る前から、テーブルに原稿用紙を広げていることがあった。ああ、作家なんだ、と店主はミーハー的な興味が湧いたが、何という作家なのかは分からなかった。

どこかの帰りのほろ酔い状態のときに、外から覗いて店主の前のカウンターに客がいないようであれば、店に寄ることもあった。そんなときはサイフォン台の前の店主の近くに坐る。

「今日はパーティーがあってね。いやあ、いい酒は、実にいいです」

などとぷよぷよした色白の丸顔の目じりを下げながらいう。そして、他愛もない世間話などをして帰る。長居はしない。

それからだいぶたったある晩、また酒を飲んだ帰り、同じようにカウンターの店主の前に坐った。

「あなたはどこの生まれですか」

「はい、新潟の山の方のド田舎です」

「だから色が白いのですね」

「でもそばかすがあるから恥ずかしいです」

店主は客から色白だとよくいわれるが、その分そばかすが目立つからそういわれるのが好きでなかった。

「いや、色の白いは七難隠す、というでしょう。いいことです、いいことです」

何がいいことなのか、カウンターに肘をつきながら、そんなことを彼は断定的に繰り返していった。たぶんこういうときは特別に気分がよいのであろう。

しかしそうたびたび来るわけではなかったから、名前を知るところまではいかない。

ある日、彼がいつものように二人掛けテーブル席で背筋を伸ばし目をつぶって瞑想にふけっていたとき、酒屋の石塚さんが入って来た。

「やあ、どうも、先生も来られるんですか」

石塚さんには珍しい言葉遣いで挨拶をした。

「ええ」

彼はおもむろに目を開け、軽く頭を下げた。会話はそれ以上続かなかった。石塚さんはカウンターの自分の常席に坐り、いつものように店主と軽口の冗談を交わした。

その後石塚さんが、兵藤光輔という作家だと彼の名前を教えてくれた。たぶんペンネームだろうが、店主はそんな作家の名前は知らなかった。石塚さんの酒屋に酒を買いに来ることもあるのだという。また、たまに彼の家に配達にも行っていたようだった。すぐそこに住んでいるよ、と石塚さんはいうのだが、店主は店とアパート以外ほとんど出歩くことがないから、そこがどこなのか、自分の店のある町内の地理にはとんと疎かった。

よく来るようになっても、兵藤氏は石塚さん以外とは自分から挨拶をすることはなかった。そんな兵藤氏の姿勢や態度が、わざとらしい、偉ぶっている、とおおむね女性客には評判が悪かった。

いつの間にか彼には、ダチョウさん、というあだ名がつけられていた。腹や腰回りがたっぷりとしていて、歩くときも自転車に乗っているときも背筋をピッと伸ばして真っ正面を向いている。どちらかというと反っているような感じだし、顎も幾分上がっている。だからはたから見ると、よくいえば姿勢のよさ、悪くいえば偉そうに見えなくもなかった。だから女性たちは兵藤氏が来ても他の常連のようには自分から会釈もしないし、無視という態度であった。それでも客のいないときなどにする、兵藤氏との会話は店主には興味深かった。

客の少ない夜のカウンターでのことだった。有名な芸能人の不倫騒動が世間を賑わしていた。店主が話の接ぎ穂くらいのつもりでそれを話題にした。すると、

「不倫などというのはおかしいのです。そもそも不倫とはなんですか」

といった。

「えっ、ええっと、結婚している人が夫や妻以外の人と、その……」

店主はしどろもどろに週刊誌的な返答をした。

「人が人を好きになるのに、それがどうして倫理に適うかどうか、などというのですか」

彼は少し不快そうに断定的にいった。そういわれると店主はまた、なるほど、などといままで考えたこともなかった認識の仕方に驚かされた。

また、カウンター席に誰もいない別の日、

「あなたは恋をしていますか」

などと、店主の眼を見ながら唐突な質問をして、まごつかせた。

「えっ、恋ですか……、えーと……」

店主はしどろもどろになって、返答に詰まった。

「恋はしなさい、恋は大いにすべきです」

と彼は真顔でいった。

兵藤氏が話しかけてくるのは、カウンター席に坐ったときだけだった。テーブル席では

仕事を、カウンターでは気晴らしを、と分けているのだろうと、店主はそのような態度で接客をした。

ある日、兵藤氏はテーブル席でコーヒーを頼むと、いつものように原稿用紙を広げた。カウンターには常連客がいたが、店主は兵藤氏の仕事の邪魔にならないようにと気を遣った。そんな店主は女性客たちに、

「あなたは、ダチョウさんが来ると緊張するのね」

などとからかわれた。

確かに緊張はした。店主は外国文学はそれなりに読んでいた。客が途絶えたりしたときなどには、カウンター席に坐って読書をする。「アンナ・カレーニナ」や、「ジャン・クリストフ」、あるいは「カラマーゾフの兄弟」などをむさぼり読んでいた。そんなときに兵藤氏が現われたりするとあたふたと本を隠してカウンター内に戻る。作家にどんな本を読んでいるかを知られるのは、自分の内臓を覗き見られているようで、とても恥ずかしかったからだ。

店主はどうしたわけか日本文学をあまり読んでいなかった。だから兵藤光輔と聞いても、名前を知らなかったのだった。女性客たちも作家としての兵藤光輔を知っている人はやはりいなかった。ただ石塚さんが、こっそりと、昔直木賞候補になったらしいよ、と教えてくれた。

そもそも店主は作家という人種に会ったことがなかった。会話を交わせば自分の底の浅さが見破られそうな気もする。だから緊張するのかもしれなかった。

常連客も帰り、店には兵藤氏と入口近くに二人の男子学生だけになった。店主はサイフォンを磨いたりしていた。それまで原稿用紙を広げていた兵藤氏が、突然、

「カタクリの花を見たことがありますか」

と珍しくテーブル席から店主に話しかけてきた。

唐突な質問に戸惑いながら、少し緊張気味に、

「はい、田舎の山にはたくさんありましたから」

と答えた。

「ほう」

と彼は続きを促しているようだった。

「山の墓地があるんです。その空いているところに、敷き詰めたように赤紫の花が咲くんです。田舎では、カタッコ、と呼んでました。花の首のところが曲がっているので、その首をひっかけあって、どっちが強いか、なんてして遊んだ記憶があります」

彼は興味深そうに聞いていた。

多分にミーハー的な面を持っている店主は、自分のカタクリの感想や受け答えのひと言が小説のためにでもなるのだろうか、などと勝手に想像したりしたが、どのような小説を

書かれるのですか、などと聞く勇気はなかった。

兵藤氏がだいぶ店に来るようになってから、出たばかりです、と彼の著書をいただいたことがあった。『逸脱の果て』というタイトルであった。それは題材を実際の事件から取った、どちらかというと性愛的な内容のもので、店主は読んでみてあまり好きになれなかった。奥付の略歴を見ると店主より一回り以上年上であった。何冊も本を出していた。


滝川氏が、伸びて櫛の入っていないような髪に、まるで寝巻のまま出て来たのではないかと思えるようなよれっとした浴衣姿でやってきた。

彼は地方大学で教鞭をとっている教授であった。夏休みとか冬休みなどの長い休みには帰って来る。長身の痩せ型で首が長くて、話すときにじっと人の顔を見つめる。自分から話していながらその途中で声をたてて笑うのだが、眼は笑っていない。客となってそんなに経たないうちから、店主のことをユキちゃんなどと馴れ馴れしく呼んでいた。だから常連の女性たちが、専門は何ですか、などと不躾に聞いても嫌な顔をすることもなく、つまりだねえ、などと気さくに話をした。

滝川氏の専門は民俗学だということだったが、滝川氏は自分の専門的な話をしたことがなかった。彼の風体や熱っぽい早口、痩せて窪んだ目でじっと人の目を覗き込む癖などから、店主は長い肉髭を持つ老いた雄鶏を連想してしまう。あるいは凝り固まった教祖のような雰囲気がしなくもない。そんな彼を教祖様などと女性たちはあだ名をつけていた。

「ユキちゃん、このA新聞、貰って帰ってもいいかね。気になる記事が載っているんだよ」

滝川氏は、何が気になるのか読み終わった新聞をかざして店主にいった。

「ううーん、四時過ぎているし、夕刊ももう来る頃だし……、いいですよ」

店主は応じた。

だがときどき午前中に来て、

「悪い、新聞だけ読ませてくれよ。家で取っているのはT新聞なんだ」

と、コーヒーの注文もしないで、入口近くのカウンターで、中腰のまま新聞を読んで帰ることがあった。片手をあげて店主に、じゃあ、という仕草をして帰る。コーヒーを注文しない分だけ、後ろめたい気はしているのかもしれない。

ほとんど地方に住んでいるのだから、帰って来たときくらいコーヒー代を払って客になればいいのに、と腹の中で思う。なぜ断らないのよ、と稲村さんにいわれたこともあった。

店主は結構ずけずけと物をいうたちなのだが、大事なときには煮え切らない自分の性格をよく知っていた。そんな自分を後でいやだなあ、と思うこともしばしばあった。

一度きりならまあいいかと思うが、滝川氏のように同じことを繰り返されると軽んじられているのだと不愉快になる。今度来たときにははっきりといってやろう、と構えていると、そんなときにはちゃんとコーヒーを飲んで帰ったりした。

馴れ馴れしすぎる人も、よそよそしすぎる人も図々しい人も、店主は苦手だし、常連客にも評判がよくない。兵藤氏も滝川氏もあまり女性たちに好まれていなかった。

人が人に好感を持たれるのは、肩書でも金のあるなしでもない。謙虚で公平な態度、周囲への配慮の感覚のある人が好かれる。

ある日、滝川氏が店に入って来た。新聞を手に取ると奥の方まで入って来て、テーブル席にいた兵藤氏に気がついた。

「よお」

滝川氏はめずらしそうに声をあげた。兵藤氏も、彼を見ると同じように、

「やあ」

といった。

「君もここに来ていたのか」

滝川氏は気さくな感じで話しかけながら、兵藤氏の向かい側のもう一つのテーブル席に腰をおろした。

「大学が休みになったのかい」

と兵藤氏が応じた。

「そうなんだ。帰って来たときには、ちょくちょく新聞を読みに寄るんだ。ハッハッハッ。いやいや君とここで会うとはなあ。ハッハッハッ」

滝川氏は自分でいって、自分で声を出して笑った。

「ユキちゃん。僕と彼は前に同僚だったことがあるんだよ」

滝川氏は、そういってまた、ハッハッハッと、何がおかしいのか笑い声をあげた。

「そうなんですか」

店主はそう応じた。兵藤氏はそれに応えなかったから、話はそれで終わった。

滝川氏は新聞を、兵藤氏はいつも通り「瞑想」を始めた。

兵藤氏と滝川氏はよく知っている間柄のようだが、親近感を抱くほどの関係性ではないように思えた。あの人とこの人が知り合い、という発見は、ただ店で相対しているだけよりその人の背景が見えてきて店主には興味が湧く。

最近兵藤氏は月に二、三回くらい来店するだろうか。滝川氏は休みの期間中にせいぜい五、六回というところだろうか。その後二人が同じ時間帯になることはなかった。そして二人とも、次に来店したときに、最近彼は来ているかい、などと相手の名前を出したりすることもなかった。

兵藤氏は、原稿用紙を広げていることもあれば、目をつぶって何事かを考えていることもあった。滝川氏は、新聞を読みながら、ユキちゃん、などとなにがしかの世間話を店主としたりした。

八月も間もなく終わりだった。客は週刊誌を読んでいる中年の男性と、漫画雑誌を読んでいる若者だけだった。音量を低くしてあるBGMはジャズがかかっている。店主ものんびりとカウンターの内側で、丸椅子に坐って読書をしていた。

ドアベルが鳴った。反射的に店主は立ち上がって、いらっしゃいませ、といった。兵藤氏であった。店主が本を読んでいたことが分かったのだろう。兵藤氏は、

「ゆっくりと読書をしていていいですよ」

と笑いながら、いつもの席に坐った。

「こう暑いと、みんな出て来ないのですかねえ」

「そうなんでしょうね、今日はひまなんですよ」

店主はお冷を持って行った後、いつものブレンドを淹れ始めた。

彼はテーブルに原稿用紙を広げた。そして背筋をピッと伸ばして目をつぶった。

「おまちどおさまでした」

「や、どうも」

彼は店主がコーヒーを持っていったと同時に目を開け、それから再び原稿用紙に目を落とした。店主は、またカウンターの内側で、読書を始めた。ときどき兵藤氏に目をやると、仕事に集中しているようだった。

とても静かな時間であった。そこにドアベルがカランと鳴った。久しぶりに滝川氏が入って来た。

「やあ、ユキちゃん、今日は暑いねえ。一日中こんな涼しいところにいられていいねえ」

彼は相変わらず他の客がいるのも構わずに、大きな声であった。そして、入口にある新聞を手に取って中ほどまで来て、兵藤氏に気がついた。

「おう、また会ったね」

と兵藤氏の脇に立ったままいった。兵藤氏は滝川氏を見上げ、

「やあ、相変わらず君は声が大きいね」

といった。

滝川氏は兵藤氏のテーブルに広げられていた原稿用紙に目を止め、

「仕事かい」

といって、さらに顔を下げて原稿用紙を覗き込んだ。兵藤氏は鬱陶しそうに、身体を離して椅子の背に預けた。滝川氏が、

「……愛している、だって？　小説家はいいなあ、愛しているとか、好きだと書くだけで金になるんだから」

兵藤氏の原稿がちらっとでも読めたのか、いつものようにハッハッハッと笑いながらいった。兵藤氏は一瞬むっとしたようで、少し間をおいてから、

「君こそ、他人の論文を寄せ集めて書くだけでいいんだから、楽じゃないか」

と、そこまでいって口を閉じた。

「いやいや」

滝川氏はまさかこのような言い返しを予期していなかったに違いない。すぐに返答できなくて意味不明の応答をした。そして兵藤氏の向かいのテーブル席で、壁によりかかるようにして坐った。それから痩せた長い足を組んで、新聞をゆっくりと広げた。

兵藤氏は何事もなかったかのように、原稿用紙に目を落とした。

二人のやり取りは時間にしたらわずかなものだった。店主はカウンターの内に立ったままで、まだ滝川氏にお冷も持って行っていなかった。微妙な雰囲気、緊張感が漂っているように感じるのは店主だけかもしれなかった。

小説家も学者も、そんなやり取りは大したことではないのか、それぞれに自分のやることに没頭していた、と思えた。

一呼吸してから、店主は滝川氏にお冷を持って行った。いつもなら、注文を聞かずにすぐコーヒーを淹れるのだが、

「ブレンドでよろしいでしょうか」

と聞いた。

「ああ」

滝川氏は新聞から目を上げずに返事をした。

気詰まりなまま、店主はフラスコを濯ぎ丁寧にフラスコの尻の水気を拭きとった。ロートにコーヒーの粉を入れて、お湯がフラスコから上がっていくのをじっと見つめていた。ゆっくり粉をかき混ぜる。砂時計の砂の落ちるスピードがいつもより遅いように感じられる。

「おまちどおさまでした」

コーヒーを滝川氏のテーブルに持っていくと、新聞から目を上げることもなく、おう、といった。

兵頭氏は原稿用紙に目を落としている。滝川氏は新聞を開いている。それぞれが意識しているのではないか、店主はそんなことをひりひりとした感覚で思った。

カウンターの内側の丸椅子に坐って、店主は再び本を広げたが、頭の中は先ほどの二人の応酬が繰り返し再生されていた。大の大人のあのような応酬に直面したのは初めてだった。新しい客も入って来ないから、店主は本を閉じて息苦しさからいっとき逃れることにして店の外に出た。

もうすぐ夏も終わりだ。隣のブティックから甲斐さんが外に出て来ていた。

「暑いですねえ」

「本当にね」

他愛もない会話をして、一、二分で店主は店内に戻った。

兵藤氏も滝川氏も店内の客もそれぞれは、それぞれのままでいた。

店主は、おそらく二人とも大人げなかったと思っているにちがいない、と思えた。それを店主という第三者に見られたことは、さらにみっともなさを募らせたに違いない。店主の取るべき最善策は「無関心」を装うこと、それで二人のメンツが立つことになる、と結論づけた。

兵藤氏は店に来てまだ三十分もたっていなかったし、滝川氏は来たばかりだった。こういうときに限って新しい客は入って来ない。

だが、二十分ほどして腰を上げたのは滝川氏だった。

「ユキちゃん、来週にはまた大学が始まるからしばらくお別れだね」

彼は立ち上がった。そして、兵藤氏の横を通るときに、じゃ、といつものように声をかけた。兵藤氏の方は、原稿用紙に目を落としたまま、軽く頭を下げただけだった。

心が痛い

店内にはもう客がいなくて閉店まであと二十分という時間を、店主は客席のカウンターに坐って夕刊を読んでいた。そのときドアベルが控え目な音を立てた。反射的に、いらっしゃいませ、と立ち上がりカウンターの中に入って客を迎える態勢になった。

新しい客は黒い半コートを着た、三十代半ばの女性だった。彼女は細長い店内の奥の二人掛けのテーブル席までやって来て、

「コーヒーください」

とにこにこしながら店主を見た。

温かそうにほてった顔と、手に下げた布製の袋から見えるバスタオルから、近所にある銭湯の帰りのようであった。

近隣の銭湯がどんどん消滅していく中で唯一残ったその銭湯は、いまはジャグジーや小さなサウナ設備、マッサージ機もあることが評判で遠くからも客が来ていた。

「こんな寒い日は銭湯が一番ですよね」

店主はサイフォンでコーヒーを淹れながら話しかけた。

「広々としているから、とても気分転換になるんです」

その女性は、うふふと笑った。そうして閉店までのわずかな時間を、心身を癒すように笑みを浮かべ、ただボーッと過ごしていった。

それから何日かして再び来店したときには、今晩は、といって入って来た。この日も一

人何事かを考えているふうに笑みを浮かべたままボーッとしていたので、店主は話しかけることを控えた。銭湯帰りのようでなかったから、仕事から解放された時間なのだろう。

再びその女性が来店したのは、だいぶ経った桜も散り始めた頃であった。銭湯帰りで、店の一番奥の二人掛けのテーブル席に着き、

「ママ、お久しぶり」

以前と同じように人懐こそうな笑顔でコーヒーを注文した。

「お元気でしたか」

「はい」

彼女はニコニコと、だが、はい、としかいわなかった。

「銭湯の駐車場にある大きな桜、見事だったでしょう」

店主は当たり障りのない言葉がけをした。

「ええ、すっごくきれいだった。……ずっとこのお店に来たかったのですけどね」

彼女は椅子の背に身体を預け、ほっとするように微笑んで、また一人で物思いにふけっているように、口を閉ざした。店主も、相手に合わせて、黙ってサイフォンを磨いていた。

「ママ、このお店はいつ頃からやっているのですか」

しばらくすると、店主に話しかけてきた。

「二十年になるんですよ」

「わあー、ずいぶん若いときからやっていたんですね」

そんなことをポツポツと会話するようになり、そのうち日曜日などの昼間にも来店するようになった。

カウンターの客が店主と話をしているとその会話を小耳に挟んで、うふふ、と笑ったりするが、会話に入ることはなかった。

店の構造は奥に細長いため、壁際に二人掛けテーブル席が二席、カウンター席が十席という造作で、客は馴染みになると店主と話をしやすいサイフォン台近くのカウンターに坐るようになるのだが、彼女はテーブル席を移ることはなかった。

「ユキさんって、どうして喫茶店を始めようと思ったんですか」

ある日、いままでママと呼んでいた彼女が、ユキさん、と店主を呼んだ。常連が店主をユキちゃんとかユキ子さんと呼んでいるのを耳にしているからだろう。

「この店を始める前は印刷会社の事務員だったんですよ。その頃昼休みはほとんど喫茶店で本を読んで過ごしていたんです。その時間が私にはほっと気の休まるひとときでね。会社の中でいろいろあって……」

店主がそこまでいうと、彼女は大きく頷き共感を示した。

「で、自分の才覚で仕事がしたいと思ったわけ。だからコツコツとお金を貯めたのよね。

でも人を雇うほどの予算がなかったから、カウンター席の多い店にしたのよ」

店主は笑いながら話した。

「でも私、この雰囲気が好きですよ。仕事って、どこでも大変ですけど、でもいいなあ、ユキさんの行動力」

と改めて店内を見回した。店内には客からの土産物のキーホルダーやクマやフクロウの小さな人形が歳月で色褪せた顔をして幾つも置いてあった。白かった漆喰の壁も、タバコのヤニでいつのまにか薄汚れて見える。

「私、向井サツキといいます。中学校で教師をしています」

しばらくして、彼女は自ら名乗った。その言い方には生真面目さが感じられた。たぶん店主が私的なことを話したから、彼女も話す気になったのだろう。

「じゃあ、年度末とか何かと忙しいんでしょ」

いっとき来なかったのはそのためだったのだろう、などと思いながら店主は砕けた口調のまま、

「教えているのは数学？」

と、あてずっぽうに聞いてみた。

「……社会」

少し間をおいて、サツキさんはいった。

「友人が小学校の教師をしているんだけど、いまは保護者がうるさいんですってね。ちょっと遅くまで学校で仕事していたら、遅くまで電気が点いているのはおかしいって、学校に電話がかかってきたりするんですって」

店主は、いつも疲れた顔をしている友人を思い浮かべていた。一方で仕事量は増えるのに自宅に仕事を持ち帰るな、なんてきつくいわれているし、矛盾だらけ、と友人は自嘲気味に話していた。そんな話を店主がすると、

「いろいろあるんです、とくに卒業式とか……」

どこに父兄の目があるか分からない教師という職業のせいか、彼女は小さな声でいって話をやめた。

商売では政治、宗教、プロ野球の話題はできるだけ避けた方がよい、などといわれていた。社会科ならば、歴史や政治や社会に直結する教科だ。

サツキさんは、店主にそれ以上質問しないで、と意思表示したのだろう。店主は深入りし過ぎたと話題を変えた。

「あなたの行っている銭湯は、昔永井荷風も入りに来ていたことがあったそうですよ」

「そうなんですか、知らなかったわ。はじめてこの店に入ったのはちょうどお客さんが誰もいなくて、ママが一人カウンターで何かを読んでいる姿が見えたからなんです」

といった。店主はそのときのことをよく覚えていた。

喫茶店は他に客がいても独り自分の世界に浸れる場所でもあったから、サツキさんは一週間分の疲れを癒しているのだろう。店主は自分から話しかけることは滅多にしなかったが、サツキさんの方は他に客がいなければ、ユキさん、最近映画を見ましたか、などと他愛もない会話を投げかけてきたりした。

一年近くそんなふうにして過ぎていった。ある晩、ドアベルが小さくカランと鳴った。店主が入口の方に目を向けると、サツキさんが揺れているドアベルを手で止め、そうっとまるで忍び込むような格好で入って来るところであった。店主は、いらっしゃいませ、という挨拶を途中で飲み込んだ。彼女は店内で一度何かを嗅ぐような仕草をし、それから店の奥のいつもの席まで来ると、大丈夫だわ、と独り言のようにつぶやいた。

「何か臭ったの」

サツキさんはちょっと怪訝そうな表情であったが、それには答えず、コーヒーください、といった。

そのうち、ある日には、蚊か蠅でも飛んでいるように目の前の何かを手で払いのけるような仕草を何度かしていた。別の日には、新しく客が入って来るとその客が席に坐るまでじっと見ていたりするのだった。直視の仕方があからさまだったので、

「お知り合い？」

と店主が聞くと、ううん、と首を振った。店にいる間ずっとそんなふうというわけでは

なく、いっときだけだったたし、その後目立った変化はなかったので、すぐに消えてしまう程度のぼんやりとした違和感を抱いただけだった。

十二月に入り街中にはクリスマスソングが鳴り始めていた。まもなく閉店の九時になる。店主はカウンターの中で伝票の整理をしていた。

店の前に自転車が止まった。見るとサツキさんだった。彼女はガラス窓から店内を窺うようにしていたが、そのうちドアから顔だけ覗かせ、誰もいないことを確認して店内に入って来た。

「いらっしゃい、どうしたの？　こんな時間に……」

店主はあと五分もない閉店時間を告げながら、整理していた伝票を脇に置いた。

「ママ、今日これから予定はありますか？」

彼女は店主がいったことが聞こえなかったように、訊いてきた。最近はユキさんと呼んでいたのに、このときはママと呼んだ。

「予定って？　もう家に帰るだけよ」

「これから、ちょっと私の家まで一緒に来てほしいんですけど」

「あなたのお家に？　またどうして？」

サツキさんはやっぱりそれには答えない。

「相談事なら、ここでもいいのよ」

「どうしても一緒に見てもらいたいものが……」

彼女は何か思い詰めているような表情で口ごもった。

「分かった、じゃあちょっと待っていてね」

店主は急いで店を閉めた。街灯でかなり先まで見通せる明るい道路には、人の姿はなかった。店主は一日の疲れより、これから彼女の家に行ってどんな話を聞かされるのだろう、と幾分わくわくしていた。もしかしたら恋の悩みでも打ち明けるのかなあ、いやいや、そんなことは店でもできるのだから仕事のことかな、教師という職業は何かと大変なようだし、などと想像をめぐらせながら彼女の後から自転車をゆっくりと漕いでいた。

しばらく走ってから、信号を左に曲がった。この道は店主の自宅に向かう道筋でもあった。店主はスピードを上げて、彼女の横に並ぼうとした。そのとき突然サツキさんが自転車を止めた。店主もあわててブレーキをかけた。サツキさんは自転車に跨ったまま、空を見上げきょろきょろとしている。

「ユキさん、いま電波を、感じませんでしたか?」

いきなり店主の方に振り向いた。

「えっ、電波? ええッ」

見上げた空には、それを断ち切るように数本の電線が走っている。さらにその上に明るい月が出ていた。店主の心のどこかが一瞬ヒヤッとした。

「ああ、じゃあ、いいです。いいです」

店主が返事に窮していると、サツキさんはまた先になって自転車を漕ぎ始めた。その背中を見ながら、店主はだしぬけに、開店してすぐの頃来ていた武宮君のことを思い出した。まさかサツキさんも彼と同じなのではないだろうか。一瞬恐怖心が過った。

武宮君は近くにある歯科大学の教養学部の学生であった。十七歳、十八歳の彼らの多くは地方出身者のせいか、三十歳だった店主に甘えたり、相談したり、からかったりして、授業が終わると店に入り浸っていた。その中の一人武宮君はみんなのようにはしゃぐこともなく、静かにテーブル席でコーヒーを飲んでいる、特別に変わった若者ではなかった。それが、あるときから暗い顔をして何か口の中でブツブツと独り言をいうようになった。店主が、コーヒーでいい？　と聞くと黙って頷く。勉強は面白い？　と聞いても返事がない。暗い眼をしてテーブルの一点を見つめている。そんな彼を心配しつつ見ていたのだったが、ある日、

「武宮の頭には電波が入って来るんだってさ」

「五月病に罹ったんだよ」

「そういえば、武宮はユキさんをぶっ殺すって学校でいっていたよ」

同級生たちが笑いながら教えてくれた。彼の恨みを買うような覚えはなかったが、聞いた途端店主は肝を冷やした。笑って聞ける話ではなかった。

武宮君はいつも仲間と来ていたから、彼らが彼を見守っているはずだなどと思いながらも、ぶっ殺すという言葉の恐怖心を追い払うことができなかった。

だがある日、いつもは仲間たちとやって来ていた彼が、一人で来店した。コーヒーを出したものの店主の頭の中を「ぶっ殺す」という言葉がブンブンと駆けめぐった。なぜ彼は一人で来たのだろう、いや、あえて一人で来たに違いない。もしここで何かが起きたなら、という考えがちらっと浮かんだ。店内には入口近くのカウンターに一人客がいた。咄嗟に何かあったらまずお客さんを守ることだ、いや逆にお客さんが助けてくれるかもしれないなどという考えがめまぐるしく浮かんだ。緊張しながら同級生たちが早く来てくれることばかり願っていた。怖くてコーヒーを出した後はカウンターの中から一歩も外に出られないでいた。何事もなく杞憂に終わったのだったが、その後武宮君は休学したと聞いた。

電波、と聞いた瞬間、あのときの恐怖感が蘇ったのだった。ぶっ殺す、という言葉がまた頭の中をめぐった。こんな夜遅い時間、ただ来てほしいといわれただけでこのまま彼女の家に安易にのこのこついて行っていいのだろうか。ためらう心が渦巻いた。自転車を漕ぐ足も重い。引き返したい、引き返すべきではないか。どうしよう。だが、行くと約束したし、いまさら嫌とはいえないし……。

もし何かあったとしても自分の方がずっと年上だ。体格的にも似たり寄ったりだ。それ以上に女同士ということが、恐怖を多少は薄める作用をしていた。あれこれ考えているうちに細い路地に入った。

二階建ての古いアパートの前で、ここです、といってサツキさんは自転車を止めた。彼女は先に立って五、六歩行くと、アパート脇の階段下に数本立ち並んでいるプロパンガスのボンベのところで立ち止まり、クンクンと鼻を近づけ嗅ぎ出した。その姿を見たとき、以前彼女が店に入って来て何かを嗅いでいた姿が思い出された。

「ユキさん……臭いませんか」

いわれて店主はそろそろとボンベに鼻を近づけたが、異臭はしなかった。

「……臭わないわ」

「そうですか」

サツキさんは不服そうであった。彼女の部屋は一階の一番奥だった。

「どうぞ」

そういいながらサツキさんは先に部屋に上がっていった。店主は観念して、スニーカーやサンダルが雑然と置いてある玄関のわずかな隙間に靴を脱いだ。三畳の台所には食器が洗い桶に入ったままになっていた。台所に続く六畳の部屋は、窓際に向かって机があり、教科書のようなものが積んであった。脇には本棚と段ボール箱が幾つかあった。店主は教師という彼女の職業を思い出した。

サツキさんは六畳間の押し入れの襖を開け、四つん這いになって顔を突っ込んだ。

「ユキさん、ここから異臭がするんです」

一緒に嗅いで、というような仕草をした。店主は嗅がないわけにはいかなかった。四つん這いになって布団が積まれている押し入れに首を突っ込んだ。ほこり臭さはあったが異臭というのではなかった。

「別に……臭わない」

店主はしゃがんだままサツキさんを見上げた。上から見降ろす格好のサツキさんに威圧感を感じた。

「じゃあ、あっちの方は？」

突っ立ったままサツキさんは部屋の隅を指した。店主はいわれるままに、犬のように四つん這いになってあちこちと嗅ぎまわった。何の臭いもしなかった。しいていえば、たぶん昨夜はカレーで、その残りを昼に食べたという生活臭だった。

「特に異臭は感じられない……」

店主はようやく立ち上がって伝えた。

「ガス会社にも、不動産屋にも、大家さんにも異臭がするって電話したんです。でも一度は来てくれたけど、もう電話をかけても相手にしてくれないんです」

サツキさんは小さな子どものように不満を訴えた。

店主は急にサツキさんを理解した。彼女はすでにあちこちに電話していたのだった。ガス会社の受付で、ほら、またあの人よ、おかしいんじゃないの、と電話口に手を当てて同僚と目配せしている事務員の姿が想像できた。サツキさんは嘘をいっているのではない。異臭も電波も彼女には確かに知覚されるのだ。そうだね、確かに臭うわ、といえたらサツキさんだけでなく店主もどんなにかホッとできただろう。信じてもらえない、それどころかまともに相手にされない、という苛立ち、悔しさはそのままサツキさんの心の中に降りていって、自分自身に対する懐疑や不安を膨らませているに違いない。

「心配だったでしょう。でも大丈夫よ。ガス漏れしていないと思うから」

店主は彼女を不憫に思った。そして安心させようと思った。だがそれはかえって、あなたの幻覚・幻臭だ、といっているようなもの。店主に臭わないと断定されて、彼女の土台がもっと歪んでしまいはしなかっただろうか。

「でも……このＤＶＤ」

彼女は机の引き出しからＤＶＤを持って来て、台所のテーブルに置いた。それは店主が観たことのない古そうな映画のＤＶＤだった。

「市の図書館から借りてきたけど途中画面が揺れるところがある。そこに何か暗号か監視装置が吹き込まれているのだと思うの」

サツキさんはまじめで真剣そのものだった。彼女の切実さが伝わってきた。店主は、深く呼吸したあと、彼女の異常さの程度を思った。この場合相手に合わせた方がよいのか、それともあなたの思い違いだと率直に伝えた方がよいのか、迷った。おそらく、すでにもっと身近な人に同じようなことを確認しているに違いない。そしてガス屋が異常なしといったように、どの相手からも彼女の方がおかしいといわんばかりの対応をされていたに違いない。もしかして職場や身内から医者に行くようにいわれているかもしれない。

一番不安に思っているのはサツキさんのはずだ。誰からも信じてもらえないが、異臭もするし、電波も感じるのだ。自分が異常なのか正常なのかのはざまで、その尺度を店主に縋るように求めたのかもしれなかった。

「部屋に異臭がしないことは……確かよ。DVDの件は私には分からないけど、DVDが古くて傷んでいるということかもしれない。図書館に返すときにそのことを伝えるといいと思うわ」

店主は迷った末に、自分が感じていることを率直に話した。サツキさんが店主の説明に納得していないことは見て取れたが、店主には他にアドバイスできる知識もなかった。

「もう遅いから、帰るね」

なまじ知識のない人間がこれ以上の何かをいうこと自体、よくないことかもしれない。

「遅くまですみませんでした」

サツキさんは、普通と思える応答をした。

店主は暗澹たる気持ちで自転車を漕いだ。途中神社の境内の松の梢のはるか上空にある月が歪んでいるように見えた。

何がきっかけでサツキさんにあのような感覚が下りてきたのだろう。サツキさんは苦しいだろうなあ、そんなことを考えながら細い路地をいくつか曲がり、国道に出た。明るい道に出たことで、店主は自転車のハンドルを握る手に力が入っていたことに気づき、大きく息を吐いて肩の力を抜いた。

帰宅してすぐに風呂に浸かった。手足を伸ばしてぼーっと湯船に浸かっていると脈絡もなく、店に来ていた人たちのことが頭に湧いて来た。

店主が歯科大生の武宮君に出会ってからもうだいぶ経っている。それにしても、ここ何年かの間に店に来る客の中に心の病を抱えていると思われる人が増えてきたような気がする。

客のいないときにリストカットの痕を見せてくれた若い女性は、父親との関係、とぽつりといった。ＤＶ被害者の女性はそれでも別れられない、と暗い眼をして打ち明けた。離婚した女性はふと自殺したくなるときがある、ともいった。

店には教師も何人か来店していた。「モンスター・ペアレント」などとマスコミで取り上げられている保護者たちとの関係、日の丸・君が代という極めて政治的な問題、生徒の生活環境への配慮など、教師の仕事の大変さを、店主はいろいろと聞き知っていた。サツキさんは学校という職場環境の厳しさの中で、心が不安定になるどんなきっかけがあったのだろう。

店主の店は壁際の二人掛けのテーブル席と長いカウンター席のある穴倉のような構造だった。店主とも適度に距離の取れる位置にテーブル席があるから、他に客のいないときなどにはぽつりぽつりと独白的打ち明け話をしたくなるのかもしれなかった。店主は身の上話を聞いて、そのつど同情や共感や悲しみや憤りといったさまざまな感情に揺すぶられた。話を聞けばますますその原因は個人の気質というより、社会的な要因が大きく作用して心をキリキリと痛ませているのだと感じた。打ち明け話をした女性たちは、店主に解決策を求めているわけではない。否定や批判をしないで親身になって自分の話を聞いてくれる人が必要なのだ。店主は身を入れて聞くしか知恵がなかった。しかし、サツキさんの振る舞いに接しながら感じていた得体のしれないものは、中途半端な素人判断で対応できるものではない、と思えた。やはり専門の医者に診てもらう必要があるのではないか。

明日彼女が来店したら、病院に行くことを勧めよう、そう決めると今度は自分のことが見えてきた。どのような生き方をするかなどと考えることなしに、この二十年をただ突っ走ってきたように思える。朝八時前に家を出て夜の九時過ぎに帰る。そのうえ休みは週一回だけだった。生活基盤は安定したとしても、やはり偏った暮らし方だとも思える。気がつけばすでに店主は五十を越していた。

風呂から上がり、缶ビールを開け一口飲んだ。店主は自分の人生の組み立て方をぼんやりと考えた。客を待つ、という植物的生き方から、外の世界へと自分の足で歩ける動物的生き方、そんな考えが唐突に浮かんだ。そうするとやけに心が波立ち、切実さが増してきた。

友人の小学校教師の疲労した顔つきや、サツキさんの心の壊れ方などに接していると、公務員と店主のような自営業者との違いはあるが、人生後半を改めてどう生きるか考え直す時期に来ているように思えた。

サツキさんは翌日もその後も店に顔を出さなかった。彼女のことを気にかけながらも関係はそのままになっていた。

半年以上も経った頃だろうか。突然サツキさんが店に顔を出した。

「まあ、お久しぶり」

サツキさんは少し浮腫んだような顔をしていた。彼女の外見に変化はないかとさり気なく目を配った。にこにこと笑顔で応えてくれるはずの彼女の表情は鈍く、無言のままいつもの席に着いた。

「マ、マ、ブ、レ、ン、ド、く、だ、さ、い」

彼女の声に勢いというものがなかった。動作も緩かったが、搗き立ての餅を手に持つとそれがゆっくりと伸びていく、そんな印象だ。店主がコーヒーを淹れるのを以前はニコニコと眺めていた彼女だったが、いま背筋を伸ばし無表情にまっすぐに前方を見ていた。

「おまちどおさま」

店主は普段以上に明るい声でコーヒーを持って行った、サツキさんは、

「あ、り、が、と、う、ご、ざ、い、ま、す」

といった。それから、

「わ、た、し、入、院、し、て、い、た、ん、で、す」

といった。

店に来なかったこの数か月、彼女は入院していたのだったのか。表情に変化が乏しいことや、浮腫んだ顔は薬のせいだろうか。彼女の周囲では、もう明らかに彼女を一人にして放っておかれない状況だったのだろう。彼女は何でそんなところに行く必要があるのか分からないから拒んだであろう。だが、結局入院させられた、そんなことが店主の脳裏に浮かんだ。

童女のような、あるいはエネルギーを抜き取られたようなサツキさんを見ると、いとおしくまた切なく、さまざまな感情がいっときに店主を包んだ。店主のそんな水気たっぷりの情緒に、

「ユ、キ、さ、ん、お、元、気、で、し、た、か」

サツキさんは無表情のまま、ゆっくりと店主の方に顔を向けた。彼女の目は感情を表し

ていなかったが、表情のない顔つきと違ってその言葉に彼女の優しさが表れていた。あまりにも優しすぎる。店主は胸が痛かった。

「ありがとう、あなたも元気そうでよかったわ」

「は、い」

サツキさんは前を向いたまま微笑もうとしたが、それはぎこちなく歪んだ。

サツキさんはコーヒーを半分も残して腰を上げた。

「ま、た、き、ま、す」

「ええ、ええ、また来てね。待っているから」

サツキさんは財布を出すのに手間取っていた。

「あ、今日は私の奢りよ。サツキさんが元気そうでうれしいから」

「す、み、ま、せ、ん」

サツキさんは感情のこもらない言葉で礼をいった。

店主はドアを開けた。サツキさんは外に出ると、左右を見て、それからゆっくりと歩き出した。店主はそのまま後姿を見送っていた。だいぶ行ってからサツキさんが振り返った。店主は手を振った。サツキさんの顔に笑みが浮かんだ、ように思えた。

開店と閉店

「どうやら八百屋が開店するらしいよ。あんなところでいったいどんな商売をやるつもりだろうなあ」

いち早く情報をもたらしたのは酒屋の石塚さんで、彼はカウンター席に坐るとすぐに解せない顔つきでいった。

「どこにですか」

「この店の出たとこの、ほら、以前寿司屋だったところだ」

駅から一方通行の道をまっすぐに来て、信号を曲がって二軒目のビルの一階が店主の店だが、その八百屋は信号の手前四、五軒先のようで、店主の店からすぐだ。店主が珈琲店を開店したときには、そこは寿司屋であった。寿司屋の主は店主の店にもコーヒーを飲みに来たことが何度かあった。そのとき、水洗トイレのタンクの中にビール瓶を入れておくと水道代が節約できるからやるといいよ、と不思議なアドバイスをされたことがあった。それほどの節約をしなければならないくらいだったからか、それから五年もたたないで寿司屋は店を閉じた。その後は誰にも貸さないのか借り手がいないのか、店は閉まったままであった。

「この通りは何をやっても駄目だ、どうせすぐに潰れるぞ」

「そんなことといって。石塚さんは私がここに店をオープンしたときも、面と向かって同じことといったじゃないの。あいにくというかおかげさまというか、いまも続いているわよ。

まあ一時ほどの勢いはないですけどね」

店主が三十歳でこの場所に喫茶店を開店した二十年以上も前のときも、同じようなことを何人かにいわれていたのだった。どのような業種の店がオープンしても、地元の人たちの最初の反応は、だいたいこのようなものなのだろう。

「覚えている？　素人の商売じゃあ、持つわけない。お嬢さん商売じゃあ無理だよ。商売なんてそんなに簡単なものじゃないよって、説教されたのよ」

「あれー、そんなことといったかい。それは俺じゃない、大久保彦左衛門だろう。俺は美人ママだから大丈夫っていってたんだぞ」

石塚さんは笑いながら、今日のコーヒーは薄いぞ、と攻勢に転じた。石塚さんは影で生沢さんを大久保彦左衛門と呼んでいた。天下のご意見番大久保彦左衛門、生沢さんは痛いことでもズバッというからだろう。店主も何度か痛いところを指摘されたことがあった。

石塚さんの口調はどこか憎めない。すぐに隣の席の一ノ瀬さんが、

「やだ、薄いのはコーヒーじゃなくて、おじさんの頭でしょ」

と茶々を入れた。

「なんだなんだ、さて分が悪くなったから、仕事に戻ろう」

石塚さんは、薄い頭を撫でながら帰っていった。

地元の人たちがいうように、この商店街にはめったに新しい店舗が誕生することはな

かった。店の前の信号を渡った先に有名店の商品を扱う魚加工食品店が開店したが、三年経たずに撤退していた。また結構長くやっていたというアクセサリー屋も最近閉店していた。商売を続けているのはクリーニング屋、時計屋、酒屋、花屋、魚屋といった古くからの地元の住人で、自分の地所での商いだから家賃の必要のない人たちばかりだった。

八百屋が開店することを誰もが知るようになってからも、店の客たちは大方が否定的意見であった。それはこの商店街の端の方に、すでに一軒八百屋があるし、小さいながらスーパーもあったからであった。一戸建てが多く、それも百坪、二百坪の大きな屋敷が多い。それだけ人口密度は少ないことになる。

商店街も古くて高齢化していて、あまり変化を望んでいないのかもしれなかった。店主も開店当初はこの町の住人たちに同じようなことをいわれていたのだろう。いやもっとかまびすしかったに違いない。

開店三日間顔見せセール、という派手なチラシが新聞に折り込まれた。チラシ広告をするなどという発想は、旧態依然のこの商店街にはなかったことだった。店主も開店する二、三日前に、駅からの一方通行の交差点に立ってチラシを配ったことが、懐かしく思い出された。店主には新聞に折り込みを入れるほどの金銭的余裕はなかったからだ。それだけに八百屋の意気込みが伝わってくる。

「青空市場」と看板を掲げたその店は、一階を取っ払ってがらんどうにし、テントまがいの張り出し屋根があるだけの店だから、たいして費用をかけていなかった。

あと一週間という頃、額にタオルの鉢巻をした三十代半ばの浅黒い顔の八百屋の主であろう男性が、店主の店に休憩に来た。入口近くのカウンターに坐って、スポーツ新聞を読んで帰っていった。せいぜい十四、五分くらいしかいない。今度近所で八百屋を始めます、と一言挨拶してもよさそうなのに何もいわなかった。一見無愛想に見える男だった。八百屋は愛嬌ではなく、威勢のよさが必要だからそれでもいいのかもしれない。

住人の懸念と期待の中で八百屋が開店した。否定的だった大方の予想に反して、八百屋の前は人でごった返しているようだった。店主は気になって表に出てみた。

八百屋の主の、イラッシャイ、ラッシャイ、という客寄せのダミ声が聞こえてくる。店の前を通る人たちの両手には、八百屋の白いビニール袋が重たげに下げられている。自転車の荷台に、ネギや大根が顔を出した段ボール箱をくりつけた女の人たちが通る。店前もいつもより人通りが多いようだ。

そこに常連の稲村さんがビニール袋を重そうに下げてやって来た。

「すっごいのよ。疲れたからちょっと一休み。レタスが安かったから、一つ上げるね。ユキコさんも参考に覗いて来たら」

稲村さんの言葉に店主は、ちょっとお願いね、と店を任せて駆けて行った。

大根、レタス、タマネギ、ジャガイモなどどれも確かに安い。ねじり鉢巻きの色の浅黒い八百屋の主は、朝からの呼び込みでダミ声も嗄れて迫力があった。エプロンを掛けた妻らしき女性も、同じように黄色い声で元気がよかった。開店の手伝いも大勢来ていた。

「さあさあ、安いよ安いよ、イラッシャイ、ラッシャーイ、もってけ泥棒。ちょっとちょっと、そこの奥さん、ほらこれ見てごらんよ、新鮮だろう、ほかと比較してごらんよ。毎度ありー」

地元住民の下馬評は外れ、レジには長蛇の列ができていた。山積みされた野菜が次々と嵩を減らしていく。この商店街には見られなかった活気であった。店主はキュウリとトマトを買った。

八百屋は早々と完売したようで、夕方を待たずに店じまいするほどであった。

「いやあ、あの店はなかなか商売がうまい。あれなら繁盛するだろう。ああいう威勢のいい店がこの商店街にできて、これからこの通りも少しはよくなるだろう。とにかく安いし、新鮮だ」

配達の帰りに寄った石塚さんが、感心したようにいった。

八百屋は地元住民の気持ちをつかんだようだった。確かに道路に面したところがシャッターを下ろしているより、威勢のよい八百屋がある方が、美観にも商店街の活気にもプラスになる。

八百屋の主が店主の店に昼食を食べに来ることもあった。商売のときの威勢のよさと打って変わって、スポーツ新聞を読みながら黙々と食べてすぐに帰る。むしろ寡黙にさえ見える。ダミ声で客と応対し続けるから、仕事以外で人と会話するのも億劫なのだろう。

いままで買っていた八百屋に悪いから、野菜を買ったときには別の道を通るのだ、という店の客もいた。商人と客との関係は難しい。常連客、固定客といえども、いつ風向きが変わるか分からない。

店主は店で使う野菜を開店以来の八百屋に電話で注文していたのだったが、キュウリやレタスが急に足らなくなったときなど、レタス一個を持って来てもらうわけにはいかない。それでいつもの八百屋に悪いと思いながらも、常連客にちょっとお願いね、と店から抜け出し、走って買いに行ったりした。

一か月もすると手伝いはいなくなり、店は主と妻と舅の三人になったが、それでも相変わらず八百屋は繁盛していた。

「安いからって、売ってやるんだという態度がいやだわ。新鮮かもしれないけど、あれは二級品ね」

「奥さんは商売が繁盛しているからちょっといい気になっているのか、愛想がないわね」

そんな陰口もときどき聞こえてきたが、客たちはそれぞれの価値判断にもとづいて、その八百屋を利用していた。確かに八百屋の主の笑顔をあまり見たことがなかった。妻の方は育ちがサラリーマンの娘であったようで、商人の如才なさはあまりないようだった。

それでもやはり近くに生鮮三品が揃うと、町も活気づくのではないだろうか。以前町には必ず魚屋・八百屋・肉屋が固まって営業していた。夕食の材料を一か所でまかなえた。

いつの頃からだろうか、駅前やちょっとした商店街に大型店が出店するようになっていた。そうして近隣の小商人が一軒、二軒と消えていった。確かに、魚も肉も野菜も一軒で済ませられれば、主婦にとっては時間の節約で便利である。電池やトイレットペーパー、ボールペンやハンドクリームまでも置かれていて、そのうえ個人商店よりは安価だ。個人商店は太刀打ちできない。気がつけば、小さな商店街は軒並み寂れていった。

半年もすると八百屋の主のダミ声は、夕方のかき入れどきだけになった。黄色い声を張り上げていた妻のお腹が膨らんできた。替わってパートのおばさんが夕方の忙しい時間帯にいるようになった。八百屋はこの商店街にそれなりに定着したようだ。

店は生き物である。活気を帯びる店もあれば、なんとなく寂れていく店もあった。「クスクス」開店当初、近くにはラーメン屋が一軒だけあったが、いまでは定食屋もできていた。またセルフサービスのコーヒー店が駅前にできた。年配の客にはいま一つ評判はよくないようであったが、若者には自分一人の空間が好みに合うようで浸透し始めていて、町の喫茶店はそのあおりを食い、昔ながらの喫茶店はつぶれていっているという。

店主も、もう少しボリュームのある物があるといいなあ、などといった客の声に押されて、何年か前に小さな改装をしてスパゲティーも出すようになっていた。それはいままでの客層と違って若者たちを呼び入れることができた。同時に折角のコーヒーの味や香りが、粉チーズの臭いで消される、と年配の客から苦言を呈されもした。

店の刷新と維持は諸刃の剣なのかもしれない。気がつけば新しい常連ができ、また昔からの客が見えなくなっていた。親しくしていた常連の何人かは、亡くなったり病気や転居や、他に好みの店ができたなどで、何人かは入れ替わっていた。それが店の新陳代謝なのだろう。また町も、店や人によってさまざまな模様に織りあげられていくのだろう。


店主がいつも通り自転車で店に来たとき、隣のブティックのシャッターに張り紙がしてあった。当分の間休業いたします、と書かれてあった。ブティックの定休日は木曜日だ。ブティックも「クスクス」と同じく正月三が日と定休日以外は滅多に休むことはなかった。店主は、甲斐さんも旅行にでも行ったのかしら、などと、特別深く考えなかった。

開店準備が整い、シャッターを押し上げた。さあ、また新しい一週間だ。シャッターを押し上げるとき、店主はいつも、さあ、という気分になる。まして昨日は定休日で、久しぶりに古くからの友人真知子さんと食事をしたり、ウィンドーショッピングをしたりして、リフレッシュしていたからなおさらであった。

いつもならシャッターを開け、店の前を掃きながらブティックの甲斐さんとほんの少し立ち話をするのだが、などと思いながら店主は店内に戻った。少しして客がぽつぽつと来店し始めた。ブティックが話題になることはなかった。

「骨休めしたって顔だね」

昼少し前に石塚さんがやって来た。

「甲斐さんのところしばらく休業するって張り紙がしてあるけど、石塚さん何か知ってますか？」

「いや……」

そこに稲村さんがやって来た。

「今日はスパゲティーをいただくわ」

「ほう、主婦は手抜きか、亭主は職場でラーメンかなんか啜っているんじゃないのかね」

相変わらず石塚さんは口が悪い。

「そういうとらえ方しかできない男は、もう化石よね」

稲村さんが茶目っ気たっぷりにいった。

「ねえ、お隣さん、しばらく休業と書いてあるけど、何かあったのかしら」

「前にどこかが悪いって、聞いたことがあるわ。お医者さんで検査するためじゃないの」

甲斐さんは店主より年上であったが、正確なことは知らない。お互い私生活を話題にすることはなかったから、彼女の背景は何も知らない。

「もし検査なら、結果がよいといいわね」

そんな話をしたのだった。

ところが一週間経っても十日経っても張り紙はそのままであった。一か月も過ぎた頃、不動産屋が張り紙を剥がしに来たついで、といいながら店に寄った。ちょうど石塚さんと一ノ瀬さんがブティックのことを話題にしていたときだった。店主は気になっていたことを訊いた。

「うーん、手術は終わって元気になっているようだよ」

不動産屋は病名をいわなかった。そして、

「ここらあたりで少しゆっくりしたい、といっていた。今月で店を閉めるそうです」

「えっ」

店主も一ノ瀬さんも石塚さんも、同時に不動産屋の顔を見た。

「甲斐さんも随分長く商売をやっていましたからねえ」

と不動産屋はいった。

「そうですよねえ。うちが二十年を越したのだから、お隣さんは三十年近くになるでしょうね。ゆっくりしたい、という気持ち、よくわかります」

店主ももっと自分の時間が欲しいと思うことがたびたびあったから、深く頷いた。

「クスクスさんはまだ若いのだから頑張ってください」

不動産屋はそういって帰って行った。

若いといわれた店主だってもう五十を過ぎた。

一ノ瀬さんが、

「ユキコさん、まだまだやれるわよ、ねえ」

と隣の石塚さんにいった。

「ママはぶくぶく太って来たから結構残したんじゃないのかい。もういいか、なんて思わないでくれよ」

石塚さんがめずらしいことをいった。すぐに彼は自分のいった言葉に照れたのか、さて、帰ろう、帰ろう、と腰を上げた。

「やめたら石塚さんに会えなくなるでしょ。まだまだ商売を続けるから毎日来て下さいね」

店主も混ぜっ返すように言葉を返した。

コーヒーハウス

「もしもし、僕だけど、分かる？」

どこか甘えた口調の電話口の声は、聞き覚えがあるような気がする。

「忘れたの？　僕だよ、大場、思い出した？」

電話の主が名乗ったときから、店主の記憶の扉がゆっくりと開いていった。

「大場……隆くん？　まあ、本当に大場君？」

懐かしさのあまり、思わず店主の声は大きくなった。

「来週同窓会で上京するから、そのときお店に寄るよ。もう潰れているのじゃないかと心配だったけど、どうやら大丈夫みたいだね」

昔のままのおっとりとした口調は、学生時代の彼を彷彿とさせた。

コーヒーハウス「クスクス」を開店したばかりの頃、店にひょっこり現れた大場隆は、以来常連客として数人の仲間たちと大学卒業まで店に通って来ていた。彼は市内にある歯科大学に入学したばかりの、まだ地方訛りとニキビの残る純朴な学生であった。卒業して故郷の鹿児島で歯科医院を開業したことまでは店主も知っていた。

コーヒー一杯で五時間も六時間も店に居続けるので、さすがに、いい加減にして、と怒鳴ったことなどが、大場の声を聞いたことで、店主の脳裏に思い浮かんできた。店主はひとりでに顔が綻んできた。そのとき三十歳であった店主からしたら、十八歳の彼らはまったく子どもであった。

一週間後にやって来た大場隆は、少し太ったことを除けば学生の頃と大して変わってはいなかった。だが身につけている腕時計やネクタイ、旅行鞄などに彼の暮らしぶりの豊かさが見て取れた。

カウンターに坐ってコーヒーを飲みながら、彼はしげしげと店の中を見回した。彼らが来ていた頃とは少し内装が変わっていたが、それでも店の雰囲気はほとんど変わっていない。彼は空港で買ってきたという鹿児島名物の「さつまあげ」をカウンター越しに差し出しながら、

「全然変わっていないね」

と店主の顔をしみじみと見た。店主は思わずカウンターから身を引き、彼との距離を空けた。最近老眼鏡をかけるようになった店主の髪には、だいぶ白いものが混じっている。

一息ついた後、彼は知った顔がいないだろうかとでもいうように客席を見やったが、歳月は客の層を大幅に替えている。あの頃店に来ていた者でもいまは別の土地に越して行ったり、住んでいてももう店には来ていなかったりと、氷河の氷が長年月のうちにいつの間にかすっかり新しい氷に替わってしまうように、客の層も替わっていた。

「伊藤さん……と村田君だっけ？　いまも来ている？」

彼はようやく具体的な名前を思い出したようであった。

「雄一君と吾郎君ね。もう来ていないわ」

そういいながら、長身でハンサムな伊藤雄一を店主は思い浮かべた。彼の噂は五、六年前に田舎に帰ったと聞いたきりだった。

「それから、あの……高村さん……」

「たまに見かけるけど……」

大場の記憶の扉は、あの頃の伊藤から村田、そして高村へとゆっくりと開いていった。だが、伊藤と高村の名前が出たとき、店主は心の奥深くで、どこか苦いもの、ちくりとしたものが疼いた。

あの頃、店主は長年の夢であったコーヒー店「クスクス」を開店したばかりの三十歳であった。十一坪の店は十人坐れるカウンター席と、二人席が二つだけの小さな店であった。予算の関係でこのような造作になったのだが、客との対話に重点を置きたかった店主の好みが反映されていて、常連客もつき店は繁盛した。

そのような常連客の一人に高村君子がいた。彼女は胃下垂か何かで決して太れない体質なのだろう、痩せてヒョロッとしていて背が高い。子どもがいないうえに週の半分はお手伝いさんが来るので、日常的に何をしてもよいし何をしなくてもよい、ようだった。最初は夫と来店したのだが、そのうち一人でコーヒーを飲みに来るようになっていた。いつもカウンターに肘をつき、ゆったりとタバコを吸いながら小半日を過ごす。取り立てて自分から話すわけでもなく、傍から見ていると気怠そうであり所在なさそうでもあった。

精神も肉体もゴムマリのように弾んでいたこの時期の店主には、彼女の全身から漂う倦怠感は驚きであった。彼女のように生活に恵まれた人も、そしてまた彼女のように日々が退屈であるような人も、いままで店主の周辺にはいなかった。

大場の仲間の歯科大生の多くは、地方の歯科医の息子たちだった。彼らが派手な学生生活を送っているわけではなかったが、それでも入学金や授業料など私立の歯科大学に支払う金額は高額だと聞いている。平均的勤労者の年収を越える経済力というものが、彼らの背景にはあるわけだった。恵まれている彼らの環境は、生まれ育つ過程ですでに整えられている場合が多い。誰でも簡単に乗れるというわけにはいかないエスカレーターに乗ることができる彼らの立ち位置というものを、店主は意識しないではいられなかった。その点同じ常連であっても伊藤や村田は、店主には理解しやすかった。

伊藤雄一は大場と同じ世代であったが、山形の高校を卒業して本社が東京にある大手鉄鋼会社のＦ工場に就職して来ていた。会社の独身寮が「クスクス」から徒歩圏にあった。先輩に連れられて来た伊藤は、コーヒーは苦くて飲めないと、ソーダ水を注文するような、まだ訛りの抜けない他人との会話の苦手な若者だった。上京して一年目という若者にとって、会社外の人間と知り合う機会は滅多にないだろう。それまでは先輩と一緒にしか来店したことがなかった彼が一人で来るようになったのは、店主が新潟出身だと知ってからだった。おそらく彼がどこかの店の常連客となったのは初めてではなかったか。カウンター席で見知らぬ者同士の会話に加わることができるようになった伊藤にとって、それは都会との融和の大きな一歩になった、と思えた。いつの間にか伊藤は、砂糖とミルクをたっぷり入れるものの、コーヒーを飲むようになっていた。背伸びをしているようなその姿は店主から見るとおかしく、可愛い。彼にとってカウンターは自己解放の場であり、また都会の砂漠で渇く心に水を注ぐ場所ともなったにちがいない。そんな彼を見ていると、新潟から出て来たばかりの自分を見ているようなくすぐったさを感じることがあった。

伊藤はよく店に来るようになったが、店主以外と積極的に会話をするわけではなかった。その点大場隆は二、三回隣り合わせれば野球の話や故郷の話など気さくに会話することができた。裏日本と南の地方で育った人間の違いなのか、などと裏日本の出である店主は勝手に思ったりした。

村田吾郎は近くのスーパーに勤めていて、伊藤や大場と年齢もさして変わらない。昼休憩時にやって来て、たいていは店に置いてある新聞を読んでいた。

そのような彼らが店の常連として親しくなったのは、店主催のボーリング大会からであった。若者から中年の男女十四、五人が参加したボーリング大会は、それまで挨拶程度だった常連の間を遠慮のないものにした。

学生たちは暇さえあれば店に来ていたし、高村君子も有り余る時間を持て余していた。

村田は昼休みに来ていたし、伊藤は会社帰りに寄るようになっていた。彼らにとって、店に来ればいつも気の置けない誰かがいて退屈しのぎになるのだった。

そんな日常が微妙な変化を見せた。

カウンター席の高村君子がいつものようにアメリカンコーヒーを注文し、それからおもむろに煙草に火をつけ、脱力するようにフウーッと煙を吐き出した。それにつられて大場がファァと大きな欠伸をした。土曜日だというのに、大場や伊藤や他の若者たちは二時間近く店にいて、身体を持て余していた。もう話すこともないほど彼らは退屈しきっていた。大場の欠伸はたちまちニ、三人に伝染した。昼日中若者が薄暗い店の中で揃って欠伸をしている光景は、あまり見よいものではない。こんな良い季節、朝から所在なさそうにしている彼らを見ると、なんてもったいない時間の潰し方だろう、と店主は思える。

「ねえ、あなたたちせっかくの陽気なんだから、何かすることないの」

「何かって、なんだよ」

店主がけしかけても彼らの身体も気持ちも緩んだままであった。

「まるで陸に上がったタコみたいね」

店主の皮肉に、それまで黙って煙草をふかしていた高村君子がクックックッと空気が漏れるように笑った。それで若者たちは少しシャキッとした。

「……ボウリングにでも、行く？」

高村君子が正面を向いたまま誰にともなくいった。細く長い指先でタバコが煙っている。

「おっ、いいね」

伊藤と大場がすかさずその話に飛びついた。

親しい口を聞きあっていても常連同士が店の外にまで行動を共にすることはなかなかない。高村君子が退屈している彼らを見かねたからか、あるいは彼女自身が退屈していたからかもしれなかった。高村はゆっくりとコーヒーを飲み終わると、

「じゃあ、行きましょうか」

とまだ坐ったままの若者を促した。

「さあさ、いってらっしゃい」

店主はからかうようにして彼らを送り出した。それにしてもいつも気怠そうな高村君子からは想像もできない積極性に驚かされた。

客がいなくなった後の店は急にがらんと静まり返り、高村が消した灰皿のタバコから細い煙がのんびりと立ち上がっていた。なんだか急に新鮮な空気が吸いたくなって、店主は表に出た。

店の前の街路樹が赤いレンガの歩道に影を落としている。六月の木漏れ日の下で思いっきり伸びをすると、どこかに行きたいな、という思いが俄かに強くなった。店主はもう一

度青空に向かって思いっきり伸びをした。

「暇な店だね」

背後で声がした。スーパーに勤めている村田吾郎が、遅めの休憩にやって来たのだった。

「あら、いらっしゃい。いまみんなに会わなかった？　ボウリングに行ったのよ」

「いいなあ、俺はこんな天気の良い日も仕事」

「ぼやかない、ぼやかない。私も一緒よ」


翌日の日曜日の昼過ぎにやって来た伊藤雄一は、二日酔いだとぐったりした顔をしていた。

「二日酔いって、どのくらい飲んだのよ」

伊藤は店主の質問に応えるのも大儀そうにコップの水を一気に飲み干すと、

「しっかし高村さんは酒が強いなあ。俺たちとても歯が立たないよ。明け方まで飲んでいたけどさ……」

と酒臭い息を吐いた。そこに遅い休憩の村田がやって来た。

「雄ちゃん、二日酔い？　まだ俺の方が強いや、高村さんには負けるけど」

と、やはり出したお冷を一気に飲み干した。昨日ボウリングの後、村田の職場に電話して飲み会に誘ったのだという。それにしても朝の四時まで飲み歩くなど、高村の家庭は大丈夫なのだろうか、と店主はそんなことを思った。

この日をきっかけに、高村君子と若者たちの関係が親密になっていくのを、店主はカウンターの中から見ていた。


街路樹が木枯らしに揺れている。平日の昼前、伊藤が寒そうに肩をすぼめ生気の無い顔をしてやってきた。

「いらっしゃい。今日はお休み？」

「……うん」

「そう、たまにはいいんじゃないの。有給休暇があるんでしょ」

最近彼は会社がつまらないといっていた。

彼の会社の社宅は、四階建てのビルが二つ並んで建っている。安い負担で入居できるから結婚するとすぐに持ち家を持つ者が多いと伊藤から聞いたとき、大きな企業に勤める者は福利厚生の面でも中小とは違うものだと、店主は店を始める前まで勤めていた会社と比較しながら感心したものだった。

「なんでそんなにつまらなそうな顔をしているの」

彼にコーヒーを出したあと、店主はカウンターの彼の近くに坐った。相変わらずブスッとしたまま煙草をもてあそんでいるこの若者のすねたような態度は、話を聞いてほしいからだった。

「……俺、会社辞めようと思っているんだ」

就職して四年目になる伊藤にとって、仕事にも職場の人間関係にも慣れてきた頃である。製造課の彼は一週間おきに夜勤のある勤務形態だった。それが嫌だというのだろうか。

「大きな会社で安定しているし、サッカークラブに入っていて人間関係も楽しいっていっていたでしょう」

「仕事が面白くないんだ。それに……十年、二十年先も生産ラインで同じことしているかと思うと、なんだかさ、これから四十年もあるんだぜ、俺の会社人生」

若い彼が単調な仕事に嫌気がさしたとしても、それは理解できる。自分がどう生きたいのかを模索し始めたのだ。考えないときよりも、考え始めたときの方が苦しく、不満も多くなる。

「二年や三年では何も分かりはしないわよ。他にやりたいことがあるの？」

「俺さ、歌、やりたいんだ」

少し照れたようにいって、伊藤はポケットから自分が書いたという紙片を取り出した。恋する若者の気持ちを書いた歌詞で、「六月の雨」とあった。

「あなたは歌がうまいって高村さんがいっていたわ。勉強してチャレンジするのはいいことだけど、それを会社を辞める方向に結び付けない方がいいと思うけどなあ」

伊藤は夢を牽制されたと取ったのか不満そうな顔をした。彼の夢を突飛と捉えた店主はこのとき、自分の夢を叶えてまだ四年しか経っていなかった。二十五歳のとき喫茶店をやりたいと親戚の者に話したら、そんな夢みたいなこと考えるより結婚しろ、と一蹴された自分と重ねながら伊藤雄一を見た。

伊藤がこの店の常連になって三年、一人でカウンターに坐ることにも勇気のいったあの頃の彼の姿が、店主にはほほえましい光景として焼き付いている。そんな彼が最近は会社にも遅刻することが多いという生活態度の変わりようは気になった。

「わたしもあなたと同じように、商売に慣れ安定してきた頃からどうしたわけか虚しく思えてね、どうしてなんだろうって考え始めたのよ。それでたまたまお客さんの中川さん、あなたも知っているでしょ、その大学の先生を中心にした読書会に参加したのよ。まあ、社会をちゃんととらえようってことかな。新しい世界が見えてくるわよ。あなたも参加してみない。月一回だから」

「いいよ、俺、いまさら勉強なんて」

「いまさら、だからやるのよ。そうだ、村田君も誘ってみるからね」

尻込みする伊藤を見ながら、店主はどうしていままで彼らを誘わなかったのだろう、と思った。村田は家庭の事情で大学に行けなかったコンプレックスを持っていた。留年しそうだなどとぼやきながら漫画を読んでいたりする大場たち歯科大生の甘ったれた雰囲気を、村田は苦々しく見ていることがあった。

さっそく村田吾郎を誘うと彼は、大学の先生が講師で系統的に物事が学べるというと、ためらうことなく参加するといった。

高村君子が夜中まで伊藤や村田たちを引き連れて飲み歩いている、という噂が店主の耳にも入ってくるようになった。女性客の中には、よくご主人が黙っているね、とか、夫と歳が離れ過ぎているから好きにさせている、などという者もいた。

若者たちの存在は、高村君子の手近な気晴らしのように店主には思われた。けれども伊藤が次第に高村君子にのめり込んでいく様子を見ていると、違う自分、もっと何か生きている実感を得たいともがいている過程で捕まってしまった蜘蛛の糸のような気がしてならなかった。

金と時間を持て余している高村君子と遊び歩くことは、若者にとって魅力がないとはいえない。区切られた時間と空間の中で、自分を発散させることは安易に楽しいだろう。けれどもその楽しさは、アブクのようなものでしかない、とどこまで二十二歳の若者が感じ取れるだろうか。

地方の高校を卒業し大企業に就職が決まったとき、おそらく伊藤の自尊心は十分に満たされたのではなかったか。けれども大企業の現業労働者として生産ラインに立ったとき、その先に見えたものは学校を出るとき感じた優越感とは異質のもの。職場での高卒者と大卒者の越えがたい差のある現実は、この先広がりを見出せそうにない会社人生を彼に想像させたのだろう。それでもその中にいる限り決して彼だけが特殊ではない。

喫茶店という非日常の世界で知り合った同じ世代の大場たちと親しくなるにつけ、彼ら歯科大生のような約束された将来を描けないと思えた自分の先行きを比較したからだろうか。それとも高村君子と飲み歩くうちに、もっと彩りのある世界を垣間見たのだろうか。

伊藤たちとの付き合いの頻度が増すにつれて、高村君子の足は店主の店から間遠になっていた。

「俺、やっぱり辞めることにした。最初にユキコさんに報告しようと思って」

しばらくぶりに来た伊藤が、客が誰もいなくなったのを見計らって店主に打ち明けた。

「そう、それで、これからどうするつもり？」

「歌の勉強」

「生活の手段は？」

「高村さんのご主人がナイトクラブをオープンすることになって、そこで働きながら勉強できるようにしてくれるっていうから」

話は具体的に進んでいるらしく、開店まで三か月余りとのことであった。それにしても伊藤の転職の方法があまりにも安易に思われた。

「目的を見失わないようにして働かないと、転職の意味がないからね」

そう店主は応じたが、伊藤の前途に光を見いだせなかった。

「大丈夫だよ、十分考えてあるから」

伊藤はにっこりとした。柔らかないい笑顔であった。

伊藤や高村はもう店に来なくなっていたが、大場たち歯科大生は相変わらず店の奥に陣取っていた。

「ねえ、ユキコさん。伊藤さんが高村さんのやるナイトクラブを手伝うこと知っているる？」

大場がサンドイッチをほおばりながらいった。

「オープニングはかなり大がかりらしいよ、俺も招待されているんだ」

高村君子の夫は貸しビルをいくつか持っている事業家だと大場はいった。ナイトクラブで伊藤はどんな仕事をするのだろう。高村君子は伊藤の人生をどこまで考えて彼を誘ったのだろう。財力のある者は他人の人生を簡単に変えてしまう力があるものだと、店主は変に感心した。

パーティの翌日大場が、高村君子は和服で客席を回っているし、黒服でサービスに回っ

ている伊藤は、背が高いので格好良かった、歌手のSが来ていた、などと興奮冷めやらぬ様子で報告した。そして、

「高村さんのご主人がナイトクラブの開店を、これは女房のおもちゃです、と笑いながら話していたよ」

といった。それを聞いたとき、自力で生活している自分までも侮辱されたようで店主は嫌な感じがした。好き勝手にさせていても自分の掌の上の方がいい、おもちゃ発言は高村夫婦の関係をよく顕わしていると思えた。伊藤の船出の先が気になった。

大場たち歯科大生は国家試験の準備で勉強が忙しくなり、以前のように店に入り浸ることはなくなった。彼らの後輩が入れ替わるようにして来ていたが、次第にＰＴＡのお母さんたちが席を占めるようになっていった。女性客が増えるとそのエネルギーに圧倒されてか、男性客の数が減っていった。

月一回読書会に参加していた村田は集まっている人たちの話の内容がまったく分からなかったといっていたが、それでも面白さ楽しさを感じているようだった。大学でもこのようなやり方で勉強するのですか、と講師の先生に質問したりしていた。先生に薦められる本を彼は「クスクス」に来ると読んでいたが、別の支店に転勤になって、勉強会には参加できなくなっていた。

会社を辞めて一年も経った頃、伊藤が太い金のネックレスをつけて「クスクス」に現れた。日に焼けた肌に金のネックレスはそれなりにセクシーに感じられたが、伊藤の変わりように店主は驚かされた。

「かっこいいけど、なんだかなあ」

店主の言葉で、伊藤にチラッと恥ずかしそうな表情が浮かんだ。

「やってる？」

伊藤にはこれで分かるはずであった。彼は頷いたが、音楽の勉強については何もいわなかった。彼はもう夢を追っていない気がした。

「見失わないでね」

彼にはやはりその言葉の意味が分かるはずであった。

しかしそれからまた一年ほど経った頃伊藤から、ナイトクラブは一か月前に閉店した、と電話があった。そのとき彼は田舎に帰る、といっていた。帰る前に一度顔を見せてね、といったが、彼が店に来ることも、電話をかけてくることもなかった。

大場の携帯電話が鳴って、店主は現実に引き戻された。

「滝口って覚えている？　ここで待ち合わせしているけど、これから来るってさ」

携帯電話を切ると大場はコーヒーを追加しながらいった。

「滝口君って、歯に彫り物をしたいとかいっていた、ちょっと変わった子よね」

「よく覚えているね」

店主が自分でも不思議なくらいあの頃のことが思い出せるのは、彼らたちと一緒に青春していたからかもしれない。

ドアベルが鳴って、新しい客が入って来た。大場ほど親しく係わらなかったが、滝口であることはすぐに分かった。ややあと如才なく挨拶を交わして、滝口は大場の隣に坐った。彼は岩手の出身で仲間の中でも特に訛りが強く、それを苦にしてか口数の少ない学生だった。彼らは懐かしそうに近況を話し合っている。店主は聞くともなしに彼らの会話を聞いていた。すると「選挙」とか「立候補」などという言葉が耳に入って来た。

「何に立候補するの」

店主は彼らの話に割り込んだ。

「ああ、滝口はS市の歯科医師会の会長に立候補するんだって」

大場はそういうと、それぞれの地方の医師会の実情を話し始めた。

「あなたたち、幾つになったの?」

「……四十三」

純朴であった彼らと目の前にいる彼らの間に横たわる歳月をしみじみと考えさせられた。

「大場だってすごいぜ。自力でI市の駅前に自社ビルを建てたんだから。確か四年前だよ」

「いやいや、全部借金だよ」

謙遜しながら時計を見た大場は、そろそろ行かないと遅れる、といって腰を上げた。

自分らしく生きたい、ともがいていたあの頃の若い伊藤としては、彼なりに精一杯の選択をしたのだったのだろう。コーヒーハウス「クスクス」がなかったなら伊藤と高村との出会いもなく伊藤の人生もまた違ったものになっていたかもしれない、とも思った。けれども人の人生を変えてしまったなどと思うのは思い上がりでもあった。

小さなコーヒー店の日常は、大場たちが訪ねて来てくれた日を、たちまち彼方へ押しやった。この商店街も先日雑貨屋が店を閉めた。借り手がいないままシャッターが下ろされている店舗もある。世界的にコーヒー豆の相場が上がっていると、一方的に問屋が十五パーセントアップをいって来た。すでに無駄を省く余地のないほど「クスクス」も減量経営だった。

そんなとき村田吾郎が訪ねて来た。スーパーに仕事で来たという。転勤してから年に一、二度スーパーに来たついでに寄っていた彼は、カウンターに坐ると、

「商売はどう？」

と訊いた。

「うん、まああかなア、そろそろ先行きを考えないとね」

店主はコーヒー粉をロートにセットしながらいった。村田はしばらく店主の手の動きを見ているようだった。コーヒーが彼の前に出されると、一口飲み、それから、

「俺さ、今度店長になるんだ」

ボソッといった。

「ええー、おめでとう！」

「まあね」

彼は少し照れたようにスプーンでコーヒーをかき回した。

村田吾郎を伊藤雄一と重ね合わさずにはいられなかった。歳月の河も、その河底の石を砕き、砂を流し、新たな地形を作りつつ流れている。

伊藤の河も、いつか大きくはなくとも岩を砕き、一時蛇行しても河幅を広げ海にたどり着けばよいのだが……。いや故郷に深く根を下ろし、枝葉を広げているかもしれない、店主はそんなことを村田の顔を見ながら思っていた。

ランドセルとフィナーレ

タツノスケ君がおばあちゃんに連れられてコーヒーハウス「クスクス」にやって来たのは、特別に暑い八月のある日の午後だった。おばあちゃんの中田さんと「ドラえもん」の映画を見に行った帰りということで、だいぶ疲れた様子の中田さんが、壁際の二人席にやれやれといった感じで腰を下ろし、

「孫のタツノスケです。タッちゃん、ユキさんにご挨拶しなさい」

と店主を紹介してくれた。

「こんにちは、僕、中田タツノスケです。小学校一年生」

彼は被っていた野球帽を取って、自己紹介した。色白の顔は暑さでさくら色に上気していて、青い野球帽を取ったあとの彼の柔らかい髪の毛は汗で濡れて、こめかみから汗のしずくが流れた。カウンター席の女性客が、タツノスケ君のきちんとした挨拶の仕方に驚嘆の声を上げた。店主は常連客である中田さんからときどき孫の話を聞いていた。

タツノスケ君が二度目に来店したのは、二学期が始まって少したった土曜日で、英語塾にいっている彼を中田さんが迎えにいったその帰りだった。

「タッちゃん、こんにちは。今日もクリームソーダかしら？」

「えっ。僕がクリームソーダってこと、覚えていたの？」

タツノスケ君は驚いたような声を上げた。可愛くて仕方がない、といったように彼の顔を見ていた中田さんが、

「タツノスケ、学校の帰りに何かあったら、このお店に飛び込むんだよ」

といった。

「最近は何があるか分からない世の中ですものねえ」

「大阪でも京都でも事件があったばかりだし、親も子も本当に安心できないですよ」

カウンター席の常連の稲村さんや加藤さんが頷きあった。タツノスケ君は大人の会話をよそに、黙ってクリームソーダをストローでチュウチュウと吸っていた。

「タツノスケ、音を立てて飲まないのよ」

中田さんが優しくいった。

中田さんはタツノスケ君たちとは別に暮らしていた。彼の家は学校区の外れで、学校まで子どもの足で二十分近くかかるから、一年生になったばかりのタツノスケ君のことが中田さんには心配なのだ。「クスクス」は通学路の途中の交差点の角を曲がったところで、「何かあったとき」に駆けこむには適当な場所だった。

「ユキさん、そのときにはよろしくお願いしますね」

中田さんは店主にも、それからほかの客にも頭を下げた。

「そういえば、昔は大人たちは誰彼なく近所の子どもたちを見守っていましたねえ」

加藤さんが感慨深そうに相づちを打った。いつの頃からか遠くなってしまった「ご近所感覚」に思いを馳せながら、何かは起きないでほしいし、また滅多に起きるものではないが、それでも何か《ヽ》の《ヽ》ときには役に立ちたいと、居合わせた人たちの思いは共通していた。

新しい一週間がまた始まった。といっても店は火曜日が定休日なので水曜日が週の始まりである。この場所で珈琲店を切り盛りして三十年、大方は常連客である。コーヒーを出した後は、店主もカウンターに坐って客と会話を楽しんでいた。

そこに、入口のドアベルをカランと鳴らして、タツノスケ君が入って来た。ランドセルを背負い、黄色の通学帽を被っている。学校の帰りのようだ。つい数日前に中田さんに頼まれたことが思い浮かんだ。何かあったのだろうか。彼は大人だけの空間の中で少し緊張気味に店主のそばまで来ると、

「こんにちは」

と、帽子を取りペコリとお辞儀をした。

「こんにちは、タッちゃん、何かあったの」

店主は少し腰を落とし、彼の眼を覗き込むようにして訊ねた。上気した柔らかい肌からは、まだ乳の匂いがしてきそうだった。店主の心配にはお構いなしに、

「僕、学校の帰りなの。じゃあね」

それだけをいうと、彼はくるりと踵を返した。あとに残された店主は一瞬ぽかんとしたが、そのあとすぐに、

「気をつけて帰るのよ」

と、彼の後を追うように店の外に出て行った。小さな背中の大きなランドセルを左右に振りながら駆けて行くタツノスケ君の後姿は、役目を果たしてほっとしたとでもいうように弾んでいた。おばあちゃんにいわれたことを守るために、大人しかいない店のドアを一人で開けるのは勇気がいったことだろう。彼の緊張気味な幼い顔と、スキップして横断歩道を渡っていく後姿は、店主の心を和ませた。

翌日も彼は同じようにドアを開け、店の中ほどまで来て立ち止まってから「こんにちは」とお辞儀した。彼の礼儀正しさに驚きながらも、「お帰りなさい。気をつけてね」と彼の頭を撫でながら店主は店の外まで見送りに出た。すると信号待ちをしていた五、六人の小学生の集団の中の一人が、

「あっ、タッちゃん、いけないんだ！」

と店から出てきたタツノスケ君を見咎めた。タツノスケ君の同級生だろうか。タツノスケ君はすぐに小学生の集団に加わった。信号が変わり、彼は集団に取り囲まれながら横断歩道を渡っていった。どうしたものだろう、いじめられなければよいが……。中田さんに話しておいた方がよいのだろうか。店主は心配であった。タツノスケ君はもう来ないかもしれない、そんな気がした。

それでも翌日、一年生が帰ってきそうな時間になると店主はなんとなくそわそわした。タツノスケ君が来ればいじめられなかったことになる。コーヒーカップを洗いながら落ち

着かないでいる店主を見て、稲村さんが、

「まるで恋人を待っているようね」

とからかった。

そのとき、ドアベルのカラカラといつにない大きな音がし、ドアの把手を取ろうと揉み合っている小さな影の塊が見えた。店主も客も怪訝に思っていると、バタバタと押し合いながらドアが開いてなだれ込み、塊は店の入口でそのまま固まった。先頭にいたのはタツノスケ君で彼は、

「こんにちは」

といった。その後ろから緊張と好奇心を露わにした小さな顔たちが、きょろきょろしながら覗いていた。

「タッちゃん、こんにちは。どうしたの？」

この情景をどう判断したらよいかと考えながら、店主はドア付近に出て行った。たぶん友だちがたくさんついて来たので何かいわれると思ったのだろう。彼は、僕の友だち、と小さな声でいった。彼の後ろでは、大人の世界を覗き見るという興味津々な眼、怒られるかもしれないという不安な眼、さまざまな色をした八個の眼が店主を見ていた。

「そうかあ、今日はお友達を連れて来てくれたのね、みんな、こんにちは」

店主はタツノスケ君の頭に手を置き、順繰りに小さな顔たちと眼を合わせていった。そ

のとたん、八個の眼はいっせいに輝き、口々に、こんにちは、といった。

「これがスグル、こっちがトウゴとトモヤ、タクミ。みんな僕の友だち」

勢いづいたタツノスケ君は自慢そうに一人ひとりを紹介していった。店主がそれぞれの名前を反復し終わると、じゃあね、と彼はあっさりとみんなを引き連れて帰っていった。タツノスケ君がいじめられていなくてよかった。

「恋人が増えたわね」

この光景を一部始終見ていた稲村さんが、

「今日は金曜日、休みが明ける月曜日には彼らもこの遊びに飽きるでしょうよ」

と店主をからかった。

ところが彼らは週が明けた月曜日にも、外で騒がしい音がしたと思う間もなく、タツノスケ君を先頭に勢いよく走り込んできて、息を弾ませながら「こんにちはっ」といい、また転がるように出て行った。大人の店に自分たちだけで入るワクワク感、仲間たちとの一体感。誘い合って、また行こうぜ、と話し合って学校から走って来る姿が想像される。だが一陣の風は車が多い狭い道路で危険だ。さらに教育上もよいとはいえない。もし明日も来るようだったら彼らと話し合わなくてはいけなかった。

一年生の下校時間頃、店主は店の前に出ていた。三人、四人と連れだって、まるで小鳥が囀っているような小学生たちの姿が見え始めた。しばらくすると甲高い声でふざけ合いながら、タツノスケ君たちが一団となって店の前に駆けて来た。

「あれ、ユキさん、どうして外にいるの？」

店主の姿を見て、先頭のタツノスケ君が息を弾ませながらいった。

「お帰り、みんなを待っていたの。お話があるのよ」

そういった店主の脇から、一番小さくすばしっこそうなスグル君が店の中に潜り込もうとした。店主はスグル君を抱え込むようにしてみんなを集め、

「みんなにお願いがあるんだけど、聞いてくれるかな？」

といった。いいよ、とタツノスケ君がいった。

「ここは大人の人たちが来るお店だから、今度からはここまでで、中には入らないことを約束してくれるかなあ」

とドアの前の敷石を示した。タツノスケ君は少し考えてから、うん、いいよ、と応じた。

「それから学校から走って来ては駄目よ。みんなも約束できるかな」

小さな顔たちは声を揃えて、いいよっ、というが早いか、バイバイ、と一斉に信号が変わったばかりの横断歩道に走り出した。

「横断歩道は一度止まって左右を確かめてから……」

もう別の世界に飛び込んだ彼らの背中に果たして店主の金切り声は届いただろうか。

何がどう気に入ったのか、その日からタツノスケ君を先頭に彼らは店に現われた。タツノスケ君は自分が新たに連れてきた子を「僕の新しい友だち、ユウヤとチヒロちゃん」などといって新顔を紹介してくれた。

どの子も店主には同じような顔に見える。そのうえ近頃の名前はユウヤ、タクヤ、フミヤなどと似通っていて、なかなか覚えられもしなかった。

「違うよ！　フミヤではなくて、タクヤッ」

店主が間違えると、タツノスケ君はしょうがないなあというように、訂正してくれた。

彼らは店主との約束を守り、中にいる店主が気づかないでいると、コンコンとドアを叩いて合図し、店主が外に出て来るのを待つ。忙しいときには、ドアを開けて「こんにちは」と中の店主に声をかけて帰って行く。男の子たちは店に客がいないと「ひまなの？」といい、女の子たちは「ユキさんってケッコンしているの？」などとませた口をきく。おそらく家でも「クスクス」を話題にしているのだろう。彼らは親たちが話している会話をしっかりと聞いているに違いなかった。

ある日、珍しくいつもより遅い時間にドアの前に小さな影が立った。ドアを開けもしないし叩きもしない。急いで出て行ってみると、タツノスケ君が一人しょんぼりと立っている。ランドセルを背負った肩までガクンと落ち込んで見えるほど、彼はしょげていた。

「どうしたの？　元気がないわね」

店主はしゃがみながら彼の顔を覗き込んだ。すると彼の身体は急に力が入ったようにしゃきっとなり、

「だってさあ、スグルのやつが先に帰っちゃったんだョ、ケンタもトウゴも、僕がちょっと遅れただけなのに……」

と口をとがらせ、訴えるように店主を見た。

「そうかあ、スグル君たちが先に帰っちゃったんだ、そうか、そうか」

おかしさと切なさ、いとおしさで店主の胸は一杯になった。そしてタツノスケ君をぎゅっと抱きしめた。

「じゃあね」

タツノスケ君は店主の感動には無頓着に、あっさりと帰って行った。店主は彼の小さな背中に、タッちゃん、また明日ね、と声をかけた。

大人の心配をよそに、彼らの間にわだかまりなど残っていないのだろう。翌日からまた彼らは一団となって店にやって来ては疾風のように去っていった。シャイな子もおしゃまな子も乱暴な子も、こんにちは、といって帰っていった。

小さな喧嘩や行き違いがまだ長く尾を引くことのない彼らの世界、いまだ輝きを失っていないこの少年時代がずっと続いてほしいと願わずにはいられなかった。

子どもたちが「喫茶店に寄る」ことに対して眉をひそめる客も、近所の店や大人たち

に、こんにちは、と気軽に挨拶できるそのことが、失われてしまったいまの時代に大切だ、という客もいた。さまざまな大人たちの眼差しをよそに、ワクワク感や好奇心が去ったあとの日常になっても、タツノスケ君たちはまるで日課のように、あるいは義務のように誰かしらが店に現われた。午後のわずかな四、五分の交流であったが、いつしか店主には貴重なひとときになってもいた。

三十年喫茶店をやってきて、店主の身体も心も疲労していた。厨房のコンクリートに立ちっぱなしの仕事だから、三十代後半にぎっくり腰で一週間入院し、その後は腰痛が持病にもなっていた。また、近隣の店が次々閉店していく商店街の中にいて、商店主たちを驚かせた「クスクス」のあの繁盛はすでに過去のものとなり、店も店主も古びていた。

年が明けて五月には店舗の更新がある。継続すれば、次の更新時に店主は六十四歳になる。惰性に任せて限界までやるか。それよりも、やれなかったこと、やりたいことに向かって歩き始める方が、人生は豊かになるのではないか。引き際の判断を誤って、動きが取れなくなった店が多くあることも知っていた。

自分の意志で行動を起こしたい、時間を自分で所有したい。何より外の世界に強い好奇心が疼く。映画も芝居も観たい、温泉にも行きたい。外国を知ってみたい、さまざまな講座に通って勉強したい。欲求の濃度が日増しに濃くなっていくのを、店主は自覚していた。それは二十五歳の、コーヒー店を始めようと模索し始めた頃の感情と似通っていた。

年が明けた。タツノスケ君たちは少し大人びた顔つきになって、元気な姿を見せてくれた。彼らは口々に、お年玉を貰ったとか、田舎のおばあちゃんちに行って来たなどと、キラキラした顔をして話してくれた。

去年から考えあぐねていた店の存続について、店主はこの正月に結論を出していた。コーヒー店主として、植物のように定位置に居続けた自分から、もっと外に向かって歩き出したい、という思いが六十になったいま強くなっていた。ここ何年かぼんやりとだが浮かんでは消えた思いが、いまはっきりと第三の人生、時間と場所を自分の意志で決められる道、を歩き出そうと思い決めた。まだはっきりと形にはなっていないが、能動的であるけれども受動的な、そんな自分と他者との関わり方で歩き始めたいと思った。

松の内が明けると常連のお客さんに三月で店を閉める事情を打ち明けた。

「タツノスケはショックを受けると思うわ」

と中田さんがいった。

「お店を閉めるのはいろいろの事情で仕方がないけど、子どもたち、さびしくなるわね」

と加藤さんがいった。

「でも九時から九時、週一の休みを三十年もよくやって来たわよねえ。人生の一部分しか知ることができなかったのだから、これからはもっともっと楽しみなさいよ」

と稲村さんはいった。

閉店を打ち明けたあと、やはり心にさざ波が立たないわけではなかった。三十年間のお客さんとの関わり、半年近く日課となっていたタツノスケ君たちとの交流、さまざまな思いが渦巻く。この空間、この人間関係がいとおしくもなる。その一方、公言してしまうと徐々に自身の中に新しい息吹が形となりそうな気もしていた。

店主は子どもたちにどのように話そうかと考えているうちに、何かプレゼントしようと思いついた。子どもたちが喜ぶもの、みんなで遊べるもの、そこで思いついたのが、紙紐で筒状に編んだ蛇であった。ぱっくり開いた蛇の口に指を入れ引っ張るとギュッと締まって指が抜けなくなる玩具であった。以前お客さんからいただいたとき、指の抜けなくなった瞬間の驚きは大人にも新鮮であった。

さっそく緑と赤の混じった紙紐を買ってきて、店で暇なときに作り始めた。慣れない手つきで一個作るのは結構な時間がかかったが、その間、タツノスケ君やスグル君やチヒロちゃんを思い浮かべながら作るのは楽しいことだった。

「土曜日にママがタツノスケに『クスクス』が閉店することを話したそうよ」

とある日、中田さんが教えてくれた。閉店まで一か月ほどであった。そろそろ店主の方から彼らに話さなければ、と思っていたところだった。蛇もだいぶできていた。

月曜日タツノスケ君が一人で「クスクス」にやって来て、黙ってドアの前に立っていた。急いで出ていって、今日は一人なの？　と問いかけたのだが、それには答えず、

「ねえ、お店、閉めるの？」

と彼は店主を見上げた。

「……そうなのよ。タッちゃんに話さなければと思っていたのよ」

「ふーん……じゃあね」

タツノスケ君はどことなくうつむき加減に信号を渡っていった。しばらくすると、スグル君たちがやってきた。

「ねえ、タッちゃんは？」

「さっき帰ったわよ」

「じゃあね」

子どもたちはみんな一緒に横断歩道を渡って駆けていった。タツノスケ君は一人で確かめに来たのかもしれなかった。彼の繊細な心配りをどう受け止めていいのだろう。

翌日、小さな塊が一団となって店の中に入って来た。

「あれっ、みんな、約束違反だぞ」

いつもとは違う彼らに、店主は笑いながらいった。

「ねえねえ、お店、やめるの？」

とスグル君が訊いた。

「そうだって、いっただろ」

とタツノスケ君がスグル君を小突いた。

「このお店って、フケイキなの？」

とおとなしいケンタ君が店主を見上げていった。

「この前、僕のパパとママもフケイキだといっていたよ」

とトウゴ君がいった。

「せっかくお友達になったのに、ごめんね」

「いいよ、だってフケイキなんだもの、しょうがないじゃないか」

とタツノスケ君がいった。

「そうだ、みんなに、プレゼントがあるのよ」

店主は店内に戻り、緑と赤の斑の蛇を持ってきて、その一つを取り出し、タツノスケ君に、ここに指を入れてみて、と差し出した。彼は少しためらってから小さな人差し指を恐る恐る蛇の口に差し込んだ。途端に、

「あっ、大変だー。もう抜けない！」

店主は大きな声を出し、彼が指を入れると同時に蛇を引っ張った。彼も周りの子どもたちもギョッと息をのんだ。蛇の口が閉まり、引っ張れば引っ張るほど抜けなくなる。だが痛くもかゆくもない、はずだ。指の抜き方を教えながら、気に入った？　と訊くとみんな、ちょうだい、ちょうだいと手を出した。

彼らはまたいつものように、店の外でドアをコンコンと叩き、そしてときどき、あとどのくらい？　などと訊いたりした。だが子どもたちの興味は同じところに留まってはいない。彼らの世界は広く、これから先もどんどん広がっていくだろう。

店を閉じるためのさまざまな準備、電力会社や解体工事業者への手配などに煩わされながらも、下校時間頃になるとできる限り外に出て彼らを迎えた。

卒業式を終え、六年生を送り出した彼らは、もう二年生の顔をしていた。三学期もあと数日、彼らとの交流も数えるほどになったある日、タツノスケ君を先頭に小さな顔がぞろぞろと店に入って来た。

「あのね……」

タツノスケ君は言い淀み、それからみんなを代表するように、これ、とベージュ色の封筒を差し出した。封筒の真ん中には「ゆきさんへ」とひらがなで書かれている。封を開けると、怪獣の絵のある便箋に自分たちそれぞれの似顔絵が描いてあり、「ゆきさん、きょねんからありがとう、ながいきしてね」と寄せ書きしてあった。想像もしていなかったフィナーレに声も出なかった。だが店主のうるうるするほどの感動に関係なく彼らは、

「じゃあね」

とあっさりと帰っていった。

あとがき

日常の中のちょっとした非日常を切り取った、十六枚から二十七枚ほどの小さな物語である。小さいとはいえ、珈琲店のカウンターという狭い空間を介しての、店主と客の濃い人生の一端がある。

「さまざまな年齢、職業、階層の人たちと関わったら、人生も人間の幅も広がり面白いだろうな」という「単純」な動機で珈琲店主となった主人公ユキ子。折々を「ナニクソ」根性で乗り越えて来た。しかし三十年経ったとき、ひたすら客を待つという、狭い空間での植物的・非行動的人生しか知らないのでは、一回きりの人生がもったいない。もっと自分の足で動いてみたい、もっと外の世界を知りたい、自分の意志で行動を起こしたい、時間を自分で所有したい、という強い思いに変わっていった。

コーヒーハウス「クスクス」は確かに世間知らずな主人公に社会を見る機会を与えた。恋や生活の安定や人生の幅を夢見た三十歳の店主が、次の行動へ移っていきたいと決断するのは六十歳である。

その先には、高齢、介護、病気、死等々、いままでとは違った人生の深い色合いを帯びる世界が出現するかもしれない。しかしそれはまた別の物語である。

ロシアのウクライナ侵略、イスラエルのガザに対する激しい爆撃、どちらも正義を主張して戦闘は激しさを増し、日々伝えられる数字が無辜の人々の死を表現している。しかし一人一人には名前もあり、生活があり、喜怒哀楽があった。世界はこの先どこに行こうとしているのか。

そんな不安の中にあって、珈琲店主と客の織り成す人間模様は、「わたし」や「あなた」という個人の喜怒哀楽であって、どんな状況にあっても「小さなわたしたちのささやかな暮らし・幸福」があるからこそ、世界も存在し得る。そんなことを思いながら書き継いできた。

著　者

二〇二四年四月

初出一覧

いっぱしの理屈　白桃12号　二〇二〇年
火事だ　嵐　23号　二〇一八年
祭りの客　白桃11号　二〇二〇年
プリンセスドウモナコ　白桃12号　二〇二〇年
缶カラレジ　白桃11号　二〇一九年
三という数字　白桃13号　二〇二〇年
外装工事　嵐　22号　二〇一七年
カウンター　嵐　23号　二〇一八年

打ち明け話	白桃10号	二〇一九年
ギャンブラー	しもうさ2号	一九九六年
おふくろの妹	白桃10号	二〇一九年
小説と論文	白桃13号	二〇二〇年
心が痛い	白桃13号	二〇二〇年
開店と閉店	嵐　22号	二〇一七年
コーヒーハウス	民主文学8月号	一九九七年
ランドセルとフィナーレ	白桃4号	二〇一六年

荒川昤子（あらかわ　れいこ）

1947 年 新潟県北魚沼郡（現魚沼市）生
1965 年 新潟県立小出高校卒業
2008 年 放送大学卒業
日本民主主義文学会会員
『白桃』同人

著書に
房総文芸選集『荒川昤子集』あさひふれんど千葉、1992 年
『訪問者たち』東銀座出版社、1996 年
『墓仕舞い』本の泉社、2020 年

民主文学館

コーヒーハウス
2024 年 6 月 30 日　初版発行

著者／荒川昤子
編集･発行／日本民主主義文学会
〒 170-0005　東京都豊島区南大塚 2-29-9　サンレックス 202
TEL 03(5940)6335
発売／光陽出版社
〒 162-0811　東京都新宿区築地町 8
TEL 03(3268)7899
印刷・製本／株式会社光陽メディア

ISBN978-4-87662-646-5 C0093
